Tucholsky Wagner Zola Scott Sydow Freud Schlegel
Turgenev Wallace Fonatne
Twain Walther von der Vogelweide Fouqué Friedrich II. von Preußen
Weber Freiligrath Frey
Kant Ernst
Fechner Fichte Weiße Rose von Fallersleben Richthofen Frommel
Engels Fielding Hölderlin
Fehrs Faber Flaubert Eichendorff Tacitus Dumas
Eliasberg Ebner Eschenbach
Feuerbach Maximilian I. von Habsburg Fock Zweig
Ewald Eliot Vergil
Goethe London
Elisabeth von Österreich
Mendelssohn Balzac Shakespeare Dostojewski Ganghofer
Lichtenberg Rathenau Doyle Gjellerup
Trackl Stevenson Hambruch
Mommsen Tolstoi Lenz Droste-Hülshoff
Thoma Hanrieder
Dach Verne von Arnim Hägele Hauff Humboldt
Karrillon Reuter Rousseau Hagen Hauptmann Gautier
Garschin Baudelaire
Damaschke Defoe Hebbel
Descartes Hegel Kussmaul Herder
Wolfram von Eschenbach Dickens Schopenhauer
Bronner Darwin Melville Grimm Jerome Rilke George
Campe Horváth Aristoteles Bebel Proust
Bismarck Vigny Barlach Voltaire Federer Herodot
Gengenbach Heine
Storm Casanova Tersteegen Gilm Grillparzer Georgy
Chamberlain Lessing Langbein Gryphius
Brentano Lafontaine
Strachwitz Claudius Schiller Kralik Iffland Sokrates
Bellamy Schilling
Katharina II. von Rußland Gerstäcker Raabe Gibbon Tschechow
Löns Hesse Hoffmann Gogol Wilde Gleim Vulpius
Luther Heym Hofmannsthal Klee Hölty Morgenstern
Roth Heyse Klopstock Kleist Goedicke
Luxemburg Puschkin Homer Mörike
La Roche Horaz Musil
Machiavelli Kierkegaard Kraft Kraus
Navarra Aurel Musset Hugo Moltke
Nestroy Marie de France Lamprecht Kind Kirchhoff
Laotse Ipsen Liebknecht
Nietzsche Nansen Ringelnatz
Marx Lassalle Gorki Klett Leibniz
von Ossietzky
May vom Stein Lawrence Irving
Petalozzi Knigge
Platon Pückler Michelangelo Kafka
Sachs Poe Kock
Liebermann Korolenko
de Sade Praetorius Mistral Zetkin

Der Verlag tredition aus Hamburg veröffentlicht in der Reihe **TREDITION CLASSICS** Werke aus mehr als zwei Jahrtausenden. Diese waren zu einem Großteil vergriffen oder nur noch antiquarisch erhältlich.

Symbolfigur für **TREDITION CLASSICS** ist Johannes Gutenberg (1400 — 1468), der Erfinder des Buchdrucks mit Metalllettern und der Druckerpresse.

Mit der Buchreihe **TREDITION CLASSICS** verfolgt tredition das Ziel, tausende Klassiker der Weltliteratur verschiedener Sprachen wieder als gedruckte Bücher aufzulegen – und das weltweit!

Die Buchreihe dient zur Bewahrung der Literatur und Förderung der Kultur. Sie trägt so dazu bei, dass viele tausend Werke nicht in Vergessenheit geraten.

Vergib uns unsere Schuld

Carl Wilhelm Salice Contessa

Impressum

Autor: Carl Wilhelm Salice Contessa
Umschlagkonzept: toepferschumann, Berlin

Verlag: tredition GmbH, Hamburg
ISBN: 978-3-8424-6965-5
Printed in Germany

Ziel der TREDITION CLASSICS ist es, tausende deutsch- und fremdsprachige Klassiker wieder in Buchform verfügbar zu machen. Die Werke wurden eingescannt und digitalisiert. Dadurch können etwaige Fehler nicht komplett ausgeschlossen werden. Unsere Kooperationspartner und wir von tredition versuchen, die Werke bestmöglich zu bearbeiten. Sollten Sie trotzdem einen Fehler finden, bitten wir diesen zu entschuldigen. Die Rechtschreibung der Originalausgabe wurde unverändert übernommen. Daher können sich hinsichtlich der Schreibweise Widersprüche zu der heutigen Rechtschreibung ergeben.

Karl Wilhelm Salice Contessa

Vergib uns unsere Schuld

Zur Zeit des Dreißigjährigen Krieges lebte zu Magdeburg Herr Vollrad, ein angesehener Kaufmann, der teils seinem Fleiße, teils der Heirat mit einer reichen Witwe den Genuß eines beträchtlichen Vermögens verdankte. Da seine Ehe kinderlos blieb, hatte er die verwaiseten Kinder eines armen Verwandten in sein Haus aufgenommen und erzog sie als die seinigen. Bald darauf starb seine Frau. – Georg und Klara vergalten ihm seine Sorge für ihr Wohl durch die herzlichste Liebe, die sie gegen ihn und durch die innigste Zuneigung, die sie zu seiner Freude von frühster Kindheit an gegeneinander hegten.

Da Georg siebzehn Jahre alt war, sandte er ihn nach Augsburg, sich dort in dem Hause eines Handelsfreundes, der große Geschäfte mit dem Auslande trieb, zum tüchtigen Kaufmann auszubilden.

Nach einer sechsjährigen Abwesenheit kehrte jetzt Georg in die Heimat zurück.

Der Abend wiegte sich auf den Fluten der Elbe. An ihren Ufern hin zog Georg einsam, in sich selbst versunken. Die Türme von Magdeburg hoben sich aus dem herbstlichen Nebelduft. Georg blickte auf und seufzte.

Nach einer so langen Abwesenheit sollte er das Haus wiedersehen, das ihn auferzogen; auf ihn wartete daheim der herzliche Willkommen seines Pflegers und zweiten Vaters und seiner geliebten Schwester; ringsum, wo er hinsah, traten ihm Wälder und Hügel, Dörfer und einzelne Bäume wie alte Bekannte entgegen und schienen, die Bilder seiner fröhlichen Knabenzeit vor ihm vorüberführend, sich seiner Wiederkehr zu freuen. Doch Georg vermochte alles dessen nicht froh zu werden; ein banges Gefühl, das er sich selber klarzumachen scheute, drückte seine Brust zusammen. Er sah seitab der Straße auf einem kleinen berasten Hügel, mitten im Felde, eine alte Eiche; er kannte sie wohl, denn sie war oft das Ziel seiner Ausflüge gewesen und manche Stunde hatte er in ihrem Schatten in Ahnungen der Zukunft verträumt; das Landvolk erzählte sonderbare Geschichten von dem Baume und keiner ging ohne heimliche Scheu an ihm vorüber. Georg lenkte sein Roß nach dem Hügel, stieg ab und setzte sich an dem bemoosten Stamme nieder. Die Erinnerung der vergangenen Zeit ward mit jedem Augenblicke lebendiger in seiner Seele; doch alle andern zurückdrängend, hob sich die Gestalt seiner Schwester Klara empor. Er gedachte ihrer friedlichen Spiele und wie sie sich geliebt und ihre Herzen aneinandergehangen, von früher Kindheit an, wie er nur in der innigsten Vereinigung mit ihr sich seines Lebens bewußt geworden, und er gedachte seines Schmerzes bei dem Abschied und hielt das liebliche Bild, in Tränen schwimmend, an seinem Herzen, wie damals. Als aufblühende Jungfrau hatte er sie verlassen; jetzt sollte er sie wiedersehen als die Gattin seines Pflegevaters.

Vor wenig Wochen erst hatte er die Nachricht seiner Vermählung und den Befehl zur Heimkehr von diesem erhalten, da der entsetzliche Krieg, welcher nun schon so lange verwüstend durch Deutschlands Gaue zog, jede Verbindung zwischen den entferntem Provinzen erschwerte und oft gänzlich aufhob. Er bewahrte noch den Brief seines Vetters und zog ihn jetzt hervor; seine Blicke hafteten auf einem kleinen Zettel, der darin lag, auf welchem ihm Klara selbst, mit zitternder Hand, wie es ihm schien, ihre Verbindung gemeldet hatte, und er erschrak über sich, da er seine Tränen auf das Papier fallen sah. Seine Augen mit der Hand bedeckend, saß er lange Zeit, und da er wieder aufschaute, war es ihm, als säße er auf einer ungeheuern Brandstätte der vergangenen Zeit und die grauen Türme vor ihm, von der Glut der Abendsonne gerötet, ragten wie riesenhafte Trümmer aus der Verwüstung. Er versank in tiefes Nachsinnen, seine Augen schlossen sich; in einem sonderbaren Zustande zwischen Traum und Wachen flogen wunderliche Bilder, mit einer fast furchtbaren Lebendigkeit der Farben bekleidet vor ihm vorüber. Er sah Klaren in unnennbarem Liebreiz vor sich stehen und er breitete seine Arme aus nach ihr, voll unendlicher Sehnsucht und Liebe, aber eine schwarze Riesenfaust streckte sich plötzlich zwischen ihn und sie, und drängte ihn abwehrend zurück; er sah sich selbst mit einem Dolch bewaffnet, ein feuriger Buchstabe brannte an seiner Stirn, aber ein Engel wischte ihn hinweg mit seiner Hand und entrang ihm den Dolch; gleich darauf sank ein mächtiges, ehernes Schild vom Himmel, und ein Mann, auf einem weißen Rößlein reitend, führte an das Schild mit seinem Schwerte, daß es laut erdröhnte, und sogleich stiegen Rauchsäulen aus den Dörfern ringsumher, in der Stadt schlug die Flamme an mehrern Orten zugleich empor, die Türme standen in roter Glut, überall war Getümmel und Angstgeschrei, Schrecken und Verwirrung, und er sah sich noch einmal, wie er unter derselben Eiche, wo er jetzt saß, blutend und sterbend am Boden lag. Da öffnete er seine Augen mit Gewalt und blickte scheu um sich her und wunderte sich, daß alles so ruhig und still war. Kein Lüftchen regte sich; aber durch die falben Blätter des Baumes ging ein leises Rauschen und ihm deuchte, als hört' er eine heisere Stimme "wehe! wehe!" rufen. Ein plötzliches Entsetzen überkam ihn; er warf sich auf sein Pferd und trieb es in gestrecktem Laufe nach der Stadt.

Mit herzlicher Freude empfing Herr Vollrad seinen Pflegling, den er allezeit wie seinen wahren Sohn geliebt und gehalten hatte. „Ei!" rief er, und betrachtete ihn mit leuchtenden Augen. "Ei! Was ist doch aus meinem Pflänzlein ein anmutiger und stattlicher Baum worden! So er auch Früchte trägt, die seinem Aussehn gleichen, bin ich wohl ein glücklicher Gärtner zu nennen." Georg kam sich bei dem Vergleich, er wußte selbst nicht warum, wie der unheimliche Drudenbaum vor, den er eben verlassen; es überlief ihn ein leiser Schauder und er beugte sich auf Vollrads Hand nieder, seine Verwirrung zu verbergen.

"Aber da stehe ich", fuhr dieser fort, "und freue mich allein und denke nicht der Trauernden da drüben in ihrem Kämmerlein, die wohl noch größeres Recht hat sich zu freuen, denn ich! Deine Schwester hatte seit kurzem einen stillen Kummer, den sie mir verhehlte; doch merkt' ich wohl, ihre heimlichen Tränen galten niemand anders als dir. Da du nicht kamst und auch nicht schriebst, mochte sie dich wohl schon verloren achten und mochte mir's doch nicht eingestehen. Dein Anblick wird nun, hoffe ich, allen Gram von ihrem Herzen lösen."

Er faßte mit diesen Worten Georgs Hand und zog ihn mit sich fort nach Klarens Gemach. Vor der Tür aber blieb er stehen und sprach lächelnd: "Du hast dich baß verwundert, Georg, da du meinen Entschluß vernommen? Doch wer konnte wohl eines solchen Schatzes Hüter sein, ohne dessen zu begehren? Der Frühlingshimmel dieser Augen trieb auch wohl aus dürrerem Stamme noch das grüne Reislein der Liebe!" – Georg schwieg und Herr Vollrad öffnete die Türe.

Georg erblickte zwei weibliche Gestalten; die eine auf der Grenze zwischen Kind und Jungfrau, so wie er Klaren einst verlassen, die andere hoch und schlank emporgeschossen, in der Fülle vollendeter Schönheit und bei der Verwirrung, in welcher er sich befand, stand er zweifelhaft, an welche er sich wenden sollte. Doch als Herr Vollrad ausrief: "Nun, da bring' ich dir den Verlornen!" und die letztere aufsprang und ihm entgegeneilte und das Licht der Kerze in Vollrads Hand ihr Gesicht bestrahlte, da erkannte er die teuern Züge seiner Klara und streckte die Arme nach ihr aus, sie an das ungestüm schlagende Herz zu drücken. Auch sie breitete die Arme gegen ihn; doch plötzlich blieb sie stehen, schlug die Augen nieder, eine dunkle Glut überflog ihre Wangen, ihre Arme sanken herab, und da Vollrad sie im selben Augenblick erbleichen sah, sprang er besorgt hinzu und umfaßte sie. Sie lehnte den Kopf an seine Brust; ein Tränenstrom brach aus ihren geschlossenen Augen; Georg aber kniete vor ihr nieder, ergriff ihre Hand und küßte sie. "Was treibt ihr, Kinder?" rief Herr Vollrad verwundert aus. Klara schien sich zu besinnen, neigte sich gegen Georg, ihn aufzuheben: "Georg, mein Bruder!" sprach sie mit leiser Stimme, und ihre Lippen berührten seinen Mund. Ein Gefühl, das er noch nie gekannt, überwältigte ihn: heftig schlang er seinen Arm um sie; seine Brust rang nach Atem; er fühlte, daß Klara zitterte in seinen Armen.

"Nun betrachtet euch doch nur ein wenig und freut euch!" rief Herr Vollrad. "Es hat sich keins vor dem andern zu schämen. Und gehört ihr wohl beide in des lieben Gottes schönsten Blumenflor, so ihm auf deutschem Boden gewachsen. Dies Knösplein da", er zeigte auf Klarens Gesellschafterin – "unsre stille Theresia, ist aus welscher Erde hieher verpflanzt und trägt die Sehnsucht nach dem warmen Himmel seines Vaterlandes noch immerdar auf seinen blassen Wangen."

Georg ließ Klaren aus seinen Armen und schaute hin. Therese schlug die großen dunkeln Augen nach ihm auf und dann zu Boden, und neigte sich demütig vor ihm.

"Weil wir von Blumen sprechen" – fuhr Herr Vollrad redselig fort – "morgen sollst du meinen Garten sehen und dich verwundern, wie alles so ganz anders worden."

Ach, wohl war alles so ganz anders geworden! Das fühlte Georg im Tiefsten seines Herzens. Die alte süße Vertraulichkeit zwischen ihm und Klaren war entflohen. Er sehnte sich nach dem Augenblick, wo er ohne Zeugen mit ihr reden könnte, und doch bangte, doch graute ihm davor.

Für heut aber durfte er kein Alleinsein mit ihr erwarten. Die Zeit der Abendmahlzeit erschien, mit ihr nach alter Sitte die ganze Hausgenossenschaft, und Georg begrüßte die alten Bekannten. Während des Essens war Klara still und schien oftmals in tiefes Nachsinnen zu versinken und nur, wenn Georg erzählte, nahm sie aufmerkend teil. Herr Vollrad sprach in der Freude seines Herzens fleißig den Becher an und trank auch Georgen tapfer zu. Dabei war des Erzählens kein Ende, besonders als die Rede auf die jetzigen Angelegenheiten der Stadt fiel, so daß Mitternacht herankam, als Herr Vollrad erst daran dachte, daß Georg müde sein könne von der Reise.

"Ich habe dir dein traulich Kämmerlein mit der Aussicht nach dem Garten wieder bereiten lassen", sprach er, und rufte einen Diener herbei, Georgen zu geleiten. Darauf umarmte er ihn noch einmal und wünschte ihm gute Nacht. Klara bot errötend ihrem Bruder die Wange zum Kuß und so schieden sie voneinander. Georg aber stand lange wie ein Träumender, und starrte die Tür an, durch welche sie hinweggegangen, bis der wartende Diener ihn endlich an seine Gegenwart erinnerte.

Die Stadt Magdeburg teilte sich damals zwischen Hoffnung und banger Erwartung. Da man nach der Entfernung des geächteten Administrators, Christian Wilhelm von Brandenburg, auch die Wahl des Herzogs von Sachsen kaiserlicherseits mit Unwillen vermerkte, indem der Kaiser seinen eignen Sohn auf den erzbischöflichen Stuhl erheben wollte, die Stadt auch deshalb bereits im vorigen Jahr eine mehr als sechsmonatliche Einschließung von den Kaiserlichen erduldet hatte, war jetzt, nicht gar lange vor Georgens Ankunft, der zurückgekehrte Christian Wilhelm, die Gelegenheit benutzend, plötzlich und in der Stille zu Magdeburg erschienen und hatte mit dem Rat ein Bündnis abgeschlossen, worauf sich die Stadt unter schwedischen Schutz begeben. Bald darauf ward vom

König Gustav Adolf der Oberste Dietrich von Falkenstein gesandt und vom Magistrat zum Kommandanten der Stadt bestellt.

Vielen bangte nun vor der Rache des Kaisers, die sie wie ein verderbenschwangeres Gewitter über der Stadt schweben sahen; der größere Teil aber vertraute der nahen Hülfe des schwedischen Heeres, welches schon ganz Pommern in Besitz und auch aus den Mecklenburgischen Landen die Kaiserlichen vertrieben hatte.

Unter diesen Umständen, da die Bewegung, in welcher sich alle Gemüter befanden, Georgen selbst wider seinen Willen zur Teilnahme an der allgemeinen Angelegenheit hinriß und er sich überdies der Geschäfte seines Vetters mit regem Eifer annahm, blieb ihm nur geringe Zeit übrig, sich des Umgangs mit seiner Schwester zu erfreuen. Auch schien Klara geflissentlich jede Gelegenheit, mit ihm allein zu sein, zu vermeiden; sie war immer von Theresen begleitet, die mit ihrer Großmutter, wie er vernahm, ein Stübchen im Hause bewohnte, welches Herr Vollrad der letztern aus Mitleid eingeräumt, und Georg selbst, obwohl von heimlicher Sehnsucht ohn' Unterlaß nach Klaren hingezogen, fühlte sich doch in ihrer Nähe allzeit von einer seltsam beklemmenden Empfindung und einer ihm selbst unerklärbaren Scheu ergriffen und von ihr hinweggedrängt. So kam es denn bald, daß sie einander fast nur bei der Mittags- und Abendmahlzeit begegneten. Hier aber wurden ihm, in der trüben und unzufriedenen Stimmung, die sich seiner immer mehr bemeisterte, Vollrads heitere Gespräche und gutmütige Scherze mit jedem Tage unerträglicher; besonders war ihm dessen Stimme nie rauher und unangenehmer vorgekommen als jetzt, wenn derselbe sich mit liebkosenden Worten an Klaren wendete oder sich beigehen ließ, ihr Lob zu preisen. Er nur allein, so schien es ihm, wußte ganz, was Klara war; seinen Augen nur war die ganze Fülle ihrer Anmut unverborgen, in seinem Busen nur lebte ein würdiges Bild von ihr, und ihm allein wäre es zugekommen, ihr Lob auszusprechen, wenn seine Lippen es gewagt hätten; Vollrads Worte dünkten ihm nur Entheiligung und reizten ihn zum Unwillen. Herr Vollrad ward der Veränderung, die sich mit ihm begab, wohl inne; er bekümmerte sich darüber und fragte ihn öfters teilnehmend nach der Ursache, doch wie hätte Georg, der sich oft selbst ein Rätsel war, und den Schleier von dem, was in seinem Herzen vorging, nicht hinwegzuziehen traute, wie hätte er fremden Blicken die heimlichsten Gefühle seines innersten Wesens zu enthüllen vermocht!

So waren mehrere Wochen seit seiner Rückkehr vergangen, als er einst eines Abends spät, den langen Gang nach seinem abgelegenen Zimmer hinabschreitend, vor sich einen hellen Schein aus einer Mauerblende bemerkte, in welcher, wie er wußte, ein uraltes steinernes Bild stand, dessen Ursprung und Bedeutung niemand kannte. Er war als Knabe nie ohne Grauen vor ihm vorübergegangen. Da er sich befremdend näherte, sah er eine alte Frau, auf ungewöhnliche Art mit einem roten Mantel bekleidet, die vor dem Bilde auf den Knien lag. Ein Licht stand in der Blende. Die Alte raffte ihre Krücke vom Boden und versuchte sich zu erheben. "Reicht mir die Hand ein wenig, daß ich aufstehen kann", sprach sie auf italienisch mit einer rauhen Stimme. Georg, der Sprache kundig, schloß daraus, daß es Theresens Großmutter sei und half ihr empor.

"Dies ist das Bild der heiligen Klara", fuhr sie fort, "die hier in diesem Hause, dessen Schutzheilige sie einst war, jetzt ungekannt und unverehrt, wie eine Fremde und Geächtete dasteht in Mitte des Unheiligen. In stiller Nacht geh ich hieher zu beten, ich, eine Fremde und Geächtete wie sie, und es ist heute nicht das erstemal, daß ich sie Tränen vergießen sah ob Eurer Verblendung."

Georg betrachtete die Alte voll Verwunderung. Sie holte das Licht aus der Nische und leuchtete ihm ins Gesicht. "Ja, ja", hub sie von neuem an, "das sind der Mutter Züge, das ist ihr Blick! Ach, die Unglückliche! Sie hat die kurze Verirrung schwer genug gebüßt und büßt sie jenseit noch. Bete, mein Sohn, bete für deine Mutter!"

"Ihr kennt mich?" rief Georg. "Ihr kennet meine Mutter?"

"Wohl kannt' ich sie!" entgegnete die Alte. "Auf diesen Armen hab' ich sie als Kind getragen, um ihretwillen verließ ich unser schönes Vaterland und folgte ihr unter diesen rauhen Himmel, ach! nur um sie in fremder, ungeweihter Erde zu begraben!"

"Ihr irrt Euch, gute Frau", sprach Georg. "Meine Mutter war eine Deutsche, aus deutschem Blute stammen wir, ich sowohl als meine Schwester!"

Sie sah ihm lange schweigend ins Gesicht. "Deine Schwester?" rief sie endlich. "Deine Schwester! Bist du denn gewiß, daß sie wirklich deine Schwester ist?"

Georg starrte sie an. Wie ein Blitzstrahl zuckte die Frage durch sein Innerstes und regte es gewaltig auf. Mit bebenden Lippen stammelte er: "Wahnsinnige, was hast du gesagt? Was willst du mit mir machen?"

"Wahnsinnig nennst du mich", sprach die Alte, "weil ich deines Herzens geheimsten Wunsch berühre! Nun, so sag' ich dir denn hier vor dem Bilde der Heiligen, die meine Worte vernimmt: Klara ist nicht deine Schwester!"

Georg wankte rückwärts und bedeckte sein Gesicht mit beiden Händen.

"Wir sind hier nicht sicher", fuhr jene fort, "kommt morgen nacht, wenn alles schläft, zu mir auf mein Kämmerlein, dann soll Euch alles klar werden."

"Nein, heute noch! Jetzt gleich!" rief Georg und faßte sie heftig bei der Hand. Sie legte den Finger auf den Mund und sprach: "Still! still! Für heute kein Wort mehr! Ich muß erst mit mir selbst zu Rate gehen; ein Geheimnis, das so lange in der Brust gerostet, ist ein Teil von uns selber geworden und mag man sich dessen nicht so leicht entschlagen, wie einer schlechten Kupfermünze. Gute Nacht! Auf Wiedersehen." Und damit wandte sie ihm den Rücken und verschwand mit ihrem Lichte in einem Seitengange. Georg sah dem Scheine zu, der, immer schwächer und schwächer werdend, an dem Gewölbe spielte, er hätte ihn aufhalten mögen, um nicht ganz allein zu sein, und als nun alles still und dunkel war um ihn her, da fing ihm an zu grauen vor seinen eignen Gedanken, die wie Gespenster in seiner Seele aufstiegen und bald in wilder Verwirrung durcheinandertobten; er eilte nach seinem Zimmer und warf sich auf sein Lager.

Doch der Schlaf, den er, sich vor sich selbst zu retten, herbeisehnte, wollte nicht erscheinen und so lag er, tausend widerstreitenden Gefühlen zur Beute wehrlos hingegeben. Bald schalt er die Alte eine Wahnwitzige, eine Lügnerin, bald wieder überließ er sich der Hoffnung, daß sie doch wahr geredet haben könnte. Jetzt war das Wort zu dem Rätsel seines Herzens gefunden, jetzt wußte er, was Klara ihm von früher Kindheit an gewesen, nun kannte er die Regung, die ihn jetzt bei ihrem Wiedersehen überrascht, und dies Bewußtsein ging wie eine heitre Morgenröte ordnend und erquickend über der verworrenen Nacht seines bisherigen Lebens und seiner Empfindungen auf. Er wagte, sich Klaren von gleicher Liebe und Sehnsucht glühend, vorzustellen, seine Phantasie berauschte ihn mit den süßesten Bildern, dann aber brach wieder zerstörend der Gedanke in seinen Himmel ein, daß ja Klara für ihn verloren, daß ihr Besitz auf immer ihm versagt, entrissen sei – er erfüllte sein Herz mit Unmut und Bitterkeit, und Vollrad erschien ihm in diesem Augenblick nicht wie sein Pfleger und Wohltäter, sondern nur wie der Räuber seines Glücks, der unrechtmäßige Eigentümer eines Schatzes, dessen ganzen Wert er nicht einmal kenne, der Zerstörer jeder Freude seines Lebens.

Es ging schon hoch gegen Morgen, als er erst in einen unruhigen Schlummer sank, aus welchem er spät und abgemattet, wie nach einer langen Krankheit, erwachte. Da Herr Vollrad ihm mit einem freundlichen guten Morgen entgegentrat und ihn dann verwundert nach der Ursache seines bleichen und verstörten Ansehens befragte, vermochte er ihm nichts zu antworten, viel weniger ihn anzusehen und wandte sich von ihm ab, weil er fürchtete, sein Gesicht möchte der Verräter seines Herzens werden. Er versuchte sich durch angestrengte Arbeit zu betäuben, doch ohne Unterlaß klangen die Worte der Alten vor seinen Ohren: Klara ist nicht deine Schwester! Vollrads Nähe wurde ihm mit jedem Augenblicke drückender und er ergriff den ersten Vorwand, sich zu entfernen, streifte überall, Zerstreuung suchend, in der Stadt umher, erschien weder Mittags noch am Abend bei Tische, und harrte ungeduldig der Zeit, wo ihm die Alte die Erklärung ihrer Worte verheißen hatte. Bei seiner Heimkehr am späten Abend erfuhr er, daß Herr Vollrad zur ungewöhnlichen Zeit aufs Rathaus berufen worden und noch nicht wieder zurück sei.

Sein Weg führte ihn bei Klarens Zimmer vorüber. Durch eine Spalte der Tür bemerkte er Licht in demselben. Unwillkürlich blieb er stehen, und da alles still war darin, trieb es ihn, das Auge an das Schlüsselloch zu legen. Er nahte sich zitternd, und sein Auge traf gerade auf Klaren, die, ihre Haarzöpfe auseinanderflechtend, in der

Mitte des Gemaches stand. Seine Brust hob sich ungestüm, er mußte sich aufrichten, um Odem zu schöpfen. Indem aber öffnete sich die Tür und Klara trat, das Licht in der Hand, auf die Schwelle. "Georg!" rief sie, "du hier?" Er fuhr zurück und starrte sie an. Ach! so herrlich war sie ihm noch nie erschienen! Das entfesselte, reiche Haar floß in tausend Locken und Ringeln über den nur halb bedeckten Busen nieder; ihre Wangen glühten in holder Scham und Verwirrung. Er streckte seine Arme verlangend nach ihr aus, doch unfähig, seinen begehrenden Blick zu ertragen, schlug sie die Augen nieder, reichte ihm die Hand und mit einem leisen "gute Nacht!" das über ihre Lippen zitterte, schritt sie zurück und wollte die Tür schließen. Georg aber drängte sich ihr nach; es war ihm, als ob die Welt rings um ihn her versänke und verschwände, er sah nur die Geliebte, nur des heißen Triebes der Leidenschaft war er sich bewußt; seiner selbst nicht mehr mächtig, umfaßte er Klarens schlanken Leib, er fühlte das Beben ihrer Glieder, er fühlte das heftige Klopfen ihres Herzens an seinem, und bedeckte ihren Mund, und ihre Augen, und ihre entblößten Schultern mit glühenden Küssen. "Georg!" stammelte sie ängstlich, mit erstickter Stimme. "Georg! Was beginnst du?" und strebte sich ihm zu entwinden. Er aber umstrickte sie nur fester und rief: "Nein! Nein! Du bist nicht meine Schwester, Klara! Du bist nicht meine Schwester!" Da rang sie sich mit Macht aus seinen Armen und trat zurück und sah ihn an mit festem Blicke: "Unseliger", sprach sie, "und wenn ich es nicht wäre? Nicht dir gehör" ich an! Du wirst und darfst mich nie besitzen!" Sie sank in einen Sessel und verhüllte das Gesicht; Georg hörte sie schluchzen. Er warf sich vor ihr nieder, breitete die Arme nach ihr und wagte es nicht mehr, sie zu berühren. Da trat Therese herein; erstarrend blieb sie in der Tür stehen. Georg sprang auf; Klara winkte ihn mit der Hand hinweg, und er wankte hinaus, und einem Trunkenen gleich nach seinem Zimmer.

Er gedachte in diesem Augenblicke der verheißenen Zusammenkunft nicht mehr, die er kurz vorher so ungeduldig herbeigewünscht hatte, allein die Alte stand schon auf dem Gange, seiner wartend und zog ihn mit sich fort. Da sie in ihrem Kämmerlein angelangt waren, verschloß und verriegelte sie die Tür, hieß ihn sich setzen und aufmerksam anhören, was sie ihm berichten werde.

Nur mit Anstrengung vermochte er sich zu sammeln und ihren Worten zu folgen.

Sie erzählte ihm nun, wie seine Mutter, Franziska Gualtieri mit Namen, zu Bologna in Italien geboren und unter ihrer Obhut und Pflege in Zucht und Frömmigkeit aufgewachsen sei; wie dieselbe mehrere vorteilhafte Heiratsanträge von der Hand gewiesen habe, da ihr Sinn von Jugend auf nach dem Kloster gestanden, bis endlich ein Deutscher sie einst in der Kirche gesehen, hierauf in dem Hause ihres Oheims, bei welchem sie nach ihrer Eltern Tode gewohnt, den unbemittelten Alten durch seinen Reichtum verblendend, Zutritt gesucht und gefunden, und sich in das Herz des frommen und unerfahrenen Mädchens einzuschleichen und, ohne Zweifel mit Beihülfe teuflischer Künste, darin also festzusetzen gewußt habe, daß sie bei seiner Rückkehr nach Deutschland den Entschluß gefaßt, ihren Oheim und ihr Vaterland heimlich zu verlassen und ihm zu folgen.

"Ich konnte mich nicht von ihr trennen", fuhr die Alte fort, "da ich sie allzeit als mein eignes Kind geliebt; und so zogen wir miteinander in dieses fremde Land. Er führte uns aber nicht nach seiner Heimat, sondern brachte uns nach einer Stadt, die Erfurt heißt, unter dem Vorwande, daß er seine Eltern erst auf seine Heirat vorbereiten müsse. Hier besuchte er uns nun ab und zu, vertröstete die arme Franziska, die sich gesegneten Leibes befand, von einer Zeit auf die andre, ließ es uns aber indes, wie ich bekennen muß, an nichts fehlen. Auch gaben sich die guten Leute, bei welchen wir wohnten, alle Mühe, uns armen Fremdlingen behülflich und gefällig zu sein.

Auf einmal aber zeigte sich in dem Betragen von Franziskas Geliebten eine gar merkliche Veränderung; seine Besuche wurden selten, und wenn er kam, schien er zerstreut, verlegen, konnte nicht mehr dreist aus den Augen sehen und eilte jederzeit, wieder fortzukommen. Endlich, als er uns einst eine Anweisung auf eine sehr beträchtliche Summe Geldes zurückgelassen, blieb er ganz weg. Franziska schrieb an ihn – ach! einen Tiger hätten ihre Briefe zum Mitleid bewegen können! – Sie erhielt keine Antwort. Ein sicherer Mann, der abgesendet wurde, Erkundigungen einzuziehen, kehrte mit der Nachricht zurück, wie der Treulose sich bereits vor mehrern

Wochen mit einer sehr reichen Frau vermählt. Schreck und Gram wirkten zerstörend auf das verratene Herz meiner unglücklichen Franziska. Sie starb, nachdem sie eines Knäbleins genesen, in meinen Armen. Ihre letzten Worte sprachen den Namen des Verräters und Segen über ihr Kind aus. Dieses Kind aber war't *Ihr*.

Durch eine seltsame Fügung des Himmels mußte es sich begeben, daß die Frau unsers Wirtes beinahe zu derselben Zeit gleichfalls von einem Knaben entbunden wurde, der aber gleich nach der Geburt verschied. Der Mann, welcher seinem Gemahl mit großer Liebe zugetan war, befürchtete, daß diese Trauerpost einen gar üblen und gefährlichen Eindruck auf sie machen möchte, da sie, noch tief gebeugt über den Verlust ihres ersten Kindes, ihre ganze Hoffnung auf das Leben dieses zweiten gestellt hatte und sich überdem in einem sehr schwachen und bedenklichen Zustande befand; die Angst gab ihm also den Gedanken ein, sich an mich zu wenden mit dem Verlangen, *Euch* Platz seines eben verstorbenen Kindes unterzuschieben. Da ich nun, Euern Vater von ganzer Seele hassend, ihm nicht die Freude an Euch als seinem Sohn gönnte und mir auch davor bange war, er möchte Euch zu sich nehmen und, der neuen Lehre zugetan, wie er war, Euch ebenfalls in diesem Irrwahn auferziehen, so gab ich den Bitten unsers Wirtes nach, der sich noch zu der alleinseligmachenden Kirche bekannte; die Hebamme ward durch ein Stück Geld gewonnen, und Eurem Vater mit Franziskas Tode auch zugleich der Eurige berichtet. So wurdet Ihr als der Sohn jenes Mannes erzogen, und da seine Frau ein Jahr später noch ein Mädchen gebar, galtet Ihr und Klara sowohl vor der Mutter derselben, als vor der ganzen Welt für Geschwister. Mir aber wuchs nun die Sehnsucht nach meinem schönen Vaterlande immer höher an das Herz, und obgleich die guten Leute mich ungern missen wollten, und es mir auch hart ankam, mich von Euch zu trennen, konnte ich's doch endlich nicht länger ertragen, und zog von dannen nach meiner Heimat.

Ruhig und zufrieden lebte ich hier bei meiner verheirateten Tochter und hätte dieses unglückliche Deutschland ganz vergessen, wenn nicht das Andenken meiner armen Franziska und das Verlangen, etwas von dem Schicksal ihres Kindes zu erfahren, mich zuweilen daran erinnert hätte. Da führte mich, es mögen nun drei Jahre her sein, ein besondrer Zufall, oder vielmehr die Hand Gottes, mit einem Manne zusammen, den ich mehrmals zu Erfurt gesehen und gesprochen, und der des Handels wegen öftere Reisen nach Italien zu machen pflegte. Dieser berichtete mir nun zu meinem großen Schrecken, daß Eure Eltern, das heißt, die dafür gehalten wurden, durch mancherlei Unglücksfälle in ihrem Gewerbe gänzlich zurückgekommen und endlich an einer bösartigen, ansteckenden Krankheit, welche damals in dortigen Gegenden viele Menschen hinwegraffte, bereits vor mehrern Jahren beide kurz hintereinander plötzlich verstorben seien; die zwei hülflos hinterlassenen Kinder habe ein weitläufiger Verwandter und reicher Kaufmann in Magdeburg, Herr Vollrad mit Namen, zu sich genommen. So war also, was ich vermeiden wollte, dennoch geschehen. Ihr befandet Euch in den Händen eines Mannes, der, wie ich voraussetzen konnte, mit dem Gifte seiner ketzerischen Lehre auch Euer junges Herz erfüllt hatte. Dieser Gedanke – und auch wohl noch ein andrer, den ich Euch nicht nennen kann – ließen mir Tag und Nacht nicht Ruhe, und schlugen mich gänzlich nieder. Weit entfernt auch, daß die Zeit die Kraft ihres ersten Eindrucks hätte mildern sollen, stieg ihre Gewalt vielmehr mit jedem Tage. Ich erkannte den Finger Gottes, der mich noch einmal nach der Fremde wies, um vielleicht, wenn es noch möglich, einen Verirrten auf den Weg des Heils zurückzuführen und eine Seele zu retten. Ich nahm die Gelegenheit wahr, da mein Schwiegersohn in Angelegenheit eines Kardinals nach Wien gesandt wurde, und begab mich mit ihm auf die Reise, begleitet von meiner Enkelin Theresia. Von Wien gelangten wir, unter tausend Mühseligkeiten und Gefahren, welche das auflodernde Kriegsfeuer in unsern Weg warf, unter dem Schutze Gottes und der Heiligen Jungfrau, glücklich hier an, wo ich zwar nicht Euch, aber in Herrn Vollrads Hause ein Plätzlein fand, auf welchem ich Eure Wiederkehr erwarten wollte."

Die Alte hielt hier in ihrer Erzählung inne und Georg sprach: "Weiß Klara, daß sie nicht meine Schwester ist?"

Die Alte schien nachzudenken. "Vielleicht", entgegnete sie endlich mit einem seltsamen Lächeln, "vielleicht hat die Schutzpatronin dort auf dem Gange es ihr verraten!"

"Und mein Vater?" fragte Georg weiter, "lebt er noch? Und wo?"

Sie sah ihn lange schweigend an. In ihren tiefliegenden Augen loderte ein Feuer auf, vor welchem ihm graute.

"Er lebt!" fuhr sie endlich heraus. "Er lebt in Freud' und Herrlichkeit! Aber diesseits noch, das weiß ich, wird ihn die Strafe seines Meineids treffen!"

"Wo aber lebt er?" rief Georg. "Wie nennt er sich?"

"Frage mich nicht weiter!" sprach sie mit rauhem Tone. "Ein Schwur bindet meine Zunge. Gute Nacht. Ich will zu Bette gehen. Wir sprechen uns weiter. Zweierlei aber will ich indes Euch an das Herz legen. Erstlich, daß Ihr des Zweckes gedenkt, um dessen Willen Gott einer schwachen Frau die weite, gefahrvolle Reise möglich gemacht und sie mit Kraft gerüstet; zweitens, daß Ihr an nichts verzweifeln mögt! An nichts, sage ich Euch! Wunderbarer fügen sich oft die Dinge dem gläubigen Gemüt, als je der feige Verstand zu ahnen wagte."

Indem sie hierauf die Tür öffnete, ihn hinauszulassen, trat Therese herein und schien heftig zu erschrecken über seine Gegenwart. Sie hatte geweint, wie ihre Augen verrieten. Die Alte zog sie mit einem zornigen Blick herein, schob Georgen mit der andern Hand hinaus und schloß die Tür.

Als Knabe hatte Georg einen alten Diener in Vollrads Hause oft ein Märlein erzählen gehört, von einem Königssohn in Asien, der ausgezogen war, das Paradies zu suchen, und wie er mit seinen Gefährten endlich, nach langer Irrfahrt durch die Wüste, es wirklich, von einem Berge herab, vor sich liegen gesehen in unbeschreiblicher Schönheit. Doch als nun alle freudig darauf zueilten, gewahrten sie, daß es rings von einem ungeheuern Abgrund umgeben war, der ihnen den Eintritt wehrte. Und so standen sie an dem Abgrund und schauten hinüber nach dem Wunderlande, das in ewigem Morgenglanz und Frühlingsfrische sich vor ihnen ausbreitete. Tausend farbige Blumen prangten auf den grünen Auen, goldne Früchte winkten aus dunkelm Laube, Quellen rauschten, himmlische Töne und erquickende Wohlgerüche schwammen auf lauen Lüftchen zu ihnen herüber, keiner vermochte mehr sein Auge hinwegzuwenden von dem Anblick, keiner dachte an die Rückkehr, keiner wich von seiner Stelle, und so standen sie an dem Abgrund in der sengenden Wüste und streckten ihre Arme hinüber, in heißem Verlangen und verzehrender Sehnsucht viele Tage und Nächte lang, bis sie endlich schwindelnd in den Abgrund stürzten, oder im Wahnsinn dahinstarben.

Georg erinnerte sich jetzt oft der Erzählung und fand in dem Schicksale des unglücklichen Königssohns mit furchtbarer Wahrheit sein eigenes geschildert. Als er dessen einst in einem Gespräch mit der Alten erwähnte, bei welcher er sich, von einer unbekannten Gewalt getrieben, fast wider seinen Willen noch oft einfand, und die bald aller Heimlichkeiten seines Herzens sich bemächtigt hatte, sprach sie: "Warum schlagt Ihr keine Brücke über den Abgrund?" Finster entgegnete er: "Nur das Verbrechen kann sie bauen!" Da ergriff sie hastig seine Hand und rief: "In dem Schoß der wahren Kirche findet Ihr Vergebung solcher Schuld!" Georg schauderte und schwieg.

Herr Vollrad, den Georgs Trübsinn und verstörtes Wesen ängstigte, mühte sich vergeblich, ihn davon zu heilen. Sein Bestreben machte vielmehr das Übel nur noch ärger. Er fiel endlich auf den Gedanken, ihn mit Aufträgen, wozu sein ausgebreiteter Handel die Hand bot, bald da, bald dorthin zu senden, um ihn zu zerstreuen. Georg faßte begierig die Gelegenheit zur Entfernung auf, allein kaum hatte er dem Hause den Rücken gewendet, als er auch schon das heftigste Verlangen spürte, wieder dahin zurückzukehren, und er eilte jedesmal, nur sein Geschäft zu beendigen, um dann zu Hause, gleich unfähig, Klarens Anblick zu missen, wie zu ertragen, dasselbe Spiel von neuem anzufangen.

Da er die alten Verhältnisse zu Vollrad und zu Klaren, die ihm sonst das Leben wert gemacht hatten, so gewaltsam zerrissen fühlte und das Neue, wonach sein Herz begehrte, der eherne Fuß des Schicksals schon im Aufkeimen niedertrat, ward jetzt oft die Sehnsucht in ihm laut, wenigstens seinen Vater zu kennen, daß er doch jemand hätte auf der weiten Erde, dem er angehörte und den er lieben dürfe. Die Alte bestand hartnäckig darauf, ihn nicht zu nennen, und er war oft dem Entschlüsse nahe, Vollraden das Geheimnis seiner Geburt mitzuteilen, in der Hoffnung, daß dieser ihm vielleicht zur Entdeckung seines Vaters behülflich sein möchte. Allein teils hielt ihn immer noch ein der Alten geleistetes Versprechen zurück, teils ward es ihm schwer, bei dem geheimen Groll gegen

Vollrad, der, jedes bessere Gefühl umstrickend, in seinem Herzen immer höher wuchernd um sich griff, seinen Mund gegen jenen selbst zu den allergleichgültigsten Worten zu öffnen.

In dieser Lage, von seiner Innern Unruhe ohne Rast wie ein Geächteter umhergetrieben, suchte er jede Gelegenheit auf, sich wenigsten zu betäuben und brachte seine Zeit meist an öffentlichen Orten, in Trinkstuben und Spielgelagen hin, obgleich er fühlte, daß er bei solchem Treiben immer mehr in sich zugrunde ging.

An einem Abend befand er sich auch in einem Hause, wo viele Bürger zusammenzukommen pflegten, und die Gesellschaft war heut besonders zahlreich, da gute Nachrichten eingelaufen waren, indem die Truppen, welche der Administrator zusammengebracht, neuerdings wieder, durch Zulauf aus den umliegenden Städten verstärkt, nicht unbedeutende Vorteile über einige gegen sie abgesendete kaiserliche Regimenter davongetragen hatten. Da bemerkte Georg, an einem Tisch ihm gegenüber, einen Mann, dessen Gesicht ihm gar wohl bekannt dünkte, und je länger er ihn ansah, desto mehr, und er konnte endlich nicht daran zweifeln, daß es ein kaiserlicher Hauptmann sei, ein Italiener von Geburt, den er einst zufällig bei einem Volksauflauf zu Nürnberg mit eigner Lebensgefahr aus den Händen des Pöbels gerettet hatte. Indem er nun voll Verwunderung über dessen Hiersein aufstand, ihn näher zu betrachten, gewahrte auch der Fremde seiner, sprang auf, und war plötzlich unter der Menge verschwunden.

Georg ging nachdenkend über das seltsame Ereignis nach Hause, und da er sich erinnerte, daß Theresens Großmutter einst im Gespräch eines kaiserlichen Hauptmanns gleiches Namens mit jenem gedacht hatte, ging er zu ihr, sie weiter darum zu befragen.

"Ich weiß schon", unterbrach ihn die Alte, da er kaum seine Erzählung angefangen: "der Hauptmann Montenero. Ihr habt ihm vor drei Jahren das Leben gerettet."

"Ihr wißt es?" fragte Georg erstaunt. "Vielleicht kommt bald eine Zeit, da er's Euch danken kann", fuhr die Alte fort, "sicherlich habt Ihr ihn heut gesehn?"

"Auch das wißt Ihr?" rief Georg. "Ihr wißt, daß er hier ist?"

"Nun ja", erwiderte sie, "Ihr werdet mich doch nichts Neues lehren wollen?" Da er aber weiter in sie drang, schien sie verlegen zu werden, wich seinen Fragen aus und meinte, sie hätte nur heut einen Mann über die Straße gehen sehen, der dem Hauptmann Montenero viel geglichen, ohne Zweifel aber seien sie beide durch eine bloß zufällige Ähnlichkeit getäuscht worden.

Sie stand während dieses Gesprächs vor einem geöffneten Wandschrank, und indem jetzt Georg seine Augen dahin wandte, sah er einen sauber gearbeiteten Dolch darin liegen. Es überkam ihn eine seltsame Begier danach, und er streckte die Hand aus, ihn zu ergreifen. "Das ist kein Werkzeug für Euch plumpe Deutsche!" rief die Alte, und wollte es ihm wieder entreißen, er aber trat zurück, zog den Dolch aus der Scheide und betrachtete die scharfe Schneide und Spitze mit funkelnden Augen. "Was macht Ihr damit?" sprach er, "laßt ihn mir!" "Oh!" rief die Alte, "meine Hand ist noch stark genug, ihn zu führen! Doch wenn er Euch gefällt, mag's drum sein! Behaltet ihn und gebraucht ihn wohl." Georg steckte ihn in seinen Busen und entfernte sich schleunig, nicht anders, als trüg' er einen kostbaren Schatz mit sich davon. –

Die Freude der Magdeburger über die erhaltenen Vorteile erlitt bald darauf einen harten Stoß, da Graf Pappenheim, von seinem Zuge gegen den Herzog von Sachsen-Lauenburg zurückkehrend, sich der Stadt näherte und die Truppen des Administrators aus der ganzen umliegenden Gegend vertrieb, auch der kaiserliche Feldherr Tilly erschien und ein gar drohendes Abmahnungsschreiben an den Prinzen Christian Wilhelm erließ; doch wuchs ihr Mut von neuem, als Tilly, den reißenden Fortschritten des Königs Gustav Adolfs von Schweden zu begegnen, sich wieder von Magdeburg entfernte und die zurückgelassenen kaiserlichen Generale, Pappenheim und Wolf von Mannsfeld, besonders nach dem mißlungenen Angriff der Schanze in der Kreuzhorst, zur Einschließung und Belagerung der Stadt weiter keinen bedeutenden Versuch machten. Zu gleicher Zeit blieb der Zusammentritt der protestantischen Stände zu Leipzig und die Rüstung des Kurfürsten von Sachsen nicht unbekannt, und alles war froher Hoffnung und guter Dinge. Viele von der jungen Bürgerschaft bezeigten laut ihren Willen, die Stadt mit Gut und Blut zu verteidigen, und übten sich in Handhabung der Waffen. So traf sich's, daß Georg einst bei einem Büchsenschießen zugegen war, welches auf dem Marsch gehalten wurde. Er setzte sich, dem lustigen Treiben eine Weile zuschauend, und wie er so auf das Knallen und auf das Einschlagen der Kugeln in die Scheibe horchte, ging ein Bekannter an ihm vorüber und sprach: "Nun aber wie dann, wenn an dem Ziele ein Menschleben stände, und wir dagegen mit dem Rohre?" Diese Frage fiel ihm seltsam aufs Herz, er versank darüber in Nachsinnen, und es kamen allerlei wunderliche Gedanken über ihn, in denen er sich verlor, so daß er sich nicht aufrufen hörte, da ihn die Reihe traf, und derselbe Freund ihn daran erinnern mußte.

"Nun, wo seid Ihr?" sprach dieser, indem er ihm die Büchse in die Hand gab. "Nehmt Euch zusammen! Treffen tut not. Der Graumantel hat sich noch keinen ans Herz kommen lassen."

Die Scheibe stellte diesmal das Bild eines Mannes vor, welches beweglich war, so daß es vor dem in Anschlag liegenden Schützen vorübergezogen wurde. Auf der Brust trug es ein rotes Herz, wonach jeder zielte.

Als nun Georg noch wie im halben Traume dastand, die Büchse aufgelegt, mit brennender Lunte, und das Bild draußen erschien, daß er danach schießen sollte, da fuhr er auf einmal erschrocken zurück. "Was ist das?" schrie er, "was macht Ihr?" Das Bild hatte einen grauen Mantel, wie ihn Herr Vollrad zu tragen pflegte, und Georgen kam es in diesem Augenblick nicht anders vor, als sei es Vollrad selber, der dort vorüberschritte und ihn traurig ansähe. "Nach dem kann ich nicht schießen!" rief Georg noch einmal. Da erhob sich ein lautes Gelächter unter den Umstehenden und sie riefen ihm zu: "Was habt Ihr vor? Seht Ihr Gespenster? so schießt doch zu, sonst ist's zu spät!" Da kam er zu sich und schämte sich, legte schnell die Büchse an und brannte los. – Der Zieler zeigte den Schuß. "Wohlgetroffen!" schrien alle. "Mitten durchs Herz!" Er schaute hin; das Bild schien mit jammervoller Miene nach dem blutigen Herzen zu zeigen, es ward ihm dunkel vor den Augen, er taumelte zurück und lehnte sich an die Wand. Viele traten an ihn heran und wünschten ihm Glück zu dem besten Schusse, seine Geschicklichkeit preisend, er hörte aber kaum, was sie sagten, es überfiel ihn eine große Angst und trieb ihn schnell hinweg aus dem Getümmel.

Als er nach langem Umherirren nach Hause kam, begegnete ihm Klara auf dem Vorsaal vor ihrem Zimmer. Er hatte sie seit jenem Abend, da ihm die Alte das Geheimnis seiner Geburt entdeckte, nicht wieder allein gesehen. Sie erschrak über sein verstörtes, bleiches Gesicht und die Fieberglut, die in seinen Augen loderte, und wendete sich nach ihrem Zimmer. Er aber eilte auf sie zu, umfaßte sie heftig und rief: "Klara, ich weiß es nun gewiß, du bist nicht meine Schwester!" Sie wand sich aus seinen Armen. "Geh! geh! Unglücklicher! Verlaß mich! Verlaß dies Haus!" sprach sie mit leiser Stimme, "ich wußt' es längst!" "Verlassen? Dich!" rief er, "und weiter hast du keinen Trost für mich, kein Mitleid mit der Qual, die mich verzehrt? Sprich nur ein Wort", fuhr er leise fort, "ein Wort nur. Laß mich nicht so gehen. Die Hölle ist in meiner Brust. Ich kann alles, um dich zu besitzen. Mitten durch das Herz, durchs blutige Herz habe ich getroffen! Nun ja! Was ist's denn weiter? Selbst um den Himmel bist du nicht zu teuer erkauft!"

"Wahnsinniger!" schrie sie mit Entsetzen, "laß ab von mir! Hinweg!" – Er wollte ihre Hand fassen, sie aber stieß ihn heftig zurück, eilte nach ihrem Zimmer, und er hörte, wie sie den Riegel vorschob.

Er schlug sich mit der Faust an Stirn und Brust, und indem er sich wendete zu gehen, sah er Theresen, die ängstlich auf ihn zukam. "Wo wollt Ihr hin?" sprach sie. "Geht nicht zu meiner Großmutter, ich bitte Euch, geht nicht zu ihr! Es ängstigt mich, wenn ich Euch bei ihr sehe." – Georg starrte sie an. "Ihr seht fürchterlich aus!" fuhr sie fort. "O Gott, was soll daraus werden! Betet, betet fleißig, wenn der Versucher Euch nahe steht. Ach, glaubt mir, das Gebet hat wunderbare Macht." – Georg küßte sie auf die Stirn und rief: "Bete du für mich, unschuldiges Kind! Gott erhört nicht, was ich zu ihm bete." Er verließ sie schnell und eilte von neuem aus dem Hause.

Am andern Morgen erfuhr er durch den Diener, welcher ihm aufwartete, daß Klara unpäßlich sei; auch erzählte ihm dieser, daß sie Herrn Vollrads Bett, um seine Ruhe nicht zu stören, in das anstoßende Zimmer, durch welches man nach dem Schlafgemach gelangte, zu setzen befohlen habe, und Therese indes bei ihr schlafe.

Ein paar Tage darauf war er mit vielen jungen Leuten zusammen. Es wurde wacker gezecht, und da sie Georgen so finster und in sich gekehrt sitzen sahen, machten sie sich an ihn, tranken ihm fleißig zu und suchten ihn mit in ihre Lust hinüberzuziehen. So kam es, daß er wider seinen Willen und ohne daran zu denken, über seine Gewohnheit trank und endlich spät in der Nacht mit ziemlich schwerem Kopf und wankenden Sinnen nach Hause ging.

Er hieß den wartenden Diener zu Bett gehen, nahm ihm das Licht ab und begab sich auf den Weg nach seinem Zimmer. Als er auf den langen Gang kam, fand er wiederum Theresens Großmutter vor dem steinernen Bilde knien.

"Ich habe getrunken und du hast gebetet", rief er ihr lachend zu. "Das sollten wohl gar verschiedne Dinge sein, am Ende aber läuft doch alles auf eins hinaus in der Welt. Fluchen und Beten, Lachen und Weinen, Tugend und Laster, es führt alles zu einem Ziel. Der Schulmeister hat es uns freilich anders gelehrt! – Ich habe heute meine ganze Lektion vergessen", fuhr er fort. "Kannst du mir nicht darauf helfen, Alte, was Tugend heißt?"

Sie sah ihn finster an und stand auf. "Frevle nicht!" sprach sie mit funkelnden Blicken. "Der Tag des Gerichts naht. Verderben hängt über Euer aller Haupt."

"Verderben über das ganze menschliche Geschlecht!" rief er. "Meinetwegen! Es taugt nicht viel, und ist eine neue verbesserte Auflage wohl an der Zeit. Möchte doch das alte Gerüst der Welt jetzt gleich zusammenstürzen! Wieviel tausend gräßliche Dinge sähe die Sonne weniger, die fast noch diese Nacht ausheckt! Geh zu Bette, Alte! Mir graut vor dieser Nacht."

"Wenn Ihr klug wäret", hub sie an und sah sich nach allen Seiten schüchtern um, "es kommt bald eine Zeit – wenn Ihr klug wäret und mir vertrautet – aus Asche und Tränen könnten leicht Eure Rosen sprießen!"

"Schweig still, Alte!" unterbrach sie Georg. "Mir hat neulich von weißen Rosen geträumt, die rot geworden waren über Nacht; wie ich aber recht hinsah, waren sie ganz voll Blut. Siehst du, ich glaube, der rote Tau klebt noch an meinen Händen! Geh zu Bette! Ich will nichts davon wissen." – Er ließ sie stehen und ging langsam den Gang hinab nach seinem Zimmer.

Unausgekleidet warf er sich auf sein Lager und der Schlaf übermannte ihn. Aber nicht lange hatte er so in unruhigem Schlummer gelegen, als er plötzlich aufschreckend in die Höhe fuhr. Ihm war, als hätte jemand mit lauter Stimme seinen Namen ihm ins Ohr gerufen. Erschrocken schaute er um sich. Es war alles still. Das Licht stand auf dem Tische und flackerte erlöschend von Zeit zu Zeit noch einmal auf. Wie einen Glutstrom fühlte er das Blut durch seine Adern schießen. In wildem Durcheinanderwirren trieben sich die mannigfaltigsten Gedanken und Bilder durch seinen Kopf. Sein ganzes Leben ging in rascher Folge an ihm vorüber und überall war Klarens Gestalt darin verflochten. Er sah sie in den verschiedensten Formen und Verhältnissen, als Kind, als Jungfrau und als Frau, er sah sie vor sich stehen, wie sie ihm vor kurzem erst erschienen, das entfesselte Haar über die entblößten Schultern hinabfließend an der schlanken Gestalt, erglühend in holder Scham und Verwirrung. Er drückte seine brennenden Lippen auf ihren Mund und Busen, er fühlte das Beben ihrer Glieder in seinen Armen. Das heftigste Verlangen entzündete sich an diesen Bildern. Alle seine Pulse klopften; sein Herz schien nicht Raum genug zu haben in der beengten Brust. Sein Blut hätt' er darum hingeben mögen, um in diesem Augenblick nur ihre Hand, ja nur den Saum ihres Kleides zu berühren. Sie war krank, vielleicht um seinetwillen, vielleicht wachte sie in dieser Stunde, wie er, und dachte an ihn und ach! vielleicht regte sich gleiche Sehnsucht in ihrer Brust. Er sprang auf und ging mit hastigen Schritten hin und wider. Es fiel ihm ein, daß jetzt nur Therese bei ihr war – wenn Vollrad sein Schlafgemach nicht verschlossen hatte – Vollrad schlief fest – es war möglich, sich durchzuschleichen in Klarens Zimmer. Der Gedanke wurde mit jeder Minute lebendiger in seiner Seele. – Nur sehen, vielleicht zum letzten Male sehen wollte er Klaren und aussprechen vor ihr, was in seinem Innern lodernd seine Brust zu zersprengen drohte; das Geständnis der Liebe wollte er von ihren Lippen nehmen, und damit, wie mit einem nie versiegenden Schatze, dann sich selbst aus ihrer Nähe verbannend, hinausfliehen in die arme Welt. Immer reizender lockte die Begier, immer ungestümer drängte das Verlangen nach seinem Herzen und riß ihn, einem unbändigen, zügellosen Rosse gleich, jedes Bedenken niederstürmend, mit sich dahin. Er wollte, er mußte Klaren sehen, und wenn sein Weg auch über ein Verbrechen hin ging!

Schnell verließ er das Zimmer. Auf dem langen Gange kam es ihm von weitem vor, als sähe er einen matten Schein in der Blende, wo das Heiligenbild stand, doch als er näher kam, war alles finster. Indem er vorbeischritt, war ihm, als wollte ihn jemand beim Mantel fassen und zurückhalten, sein Haar sträubte sich empor und er eilte schnell vorüber.

Sachte schlich er die Treppe hinab und vor die Tür des Zimmers, wo Vollrad schlief. Er stand lange horchend, kein Laut regte sich, er legte die zitternde Hand an den Drücker des Türschlosses; die Tür war offen; er trat hinein und erschrak über sich selbst, da er sich beim Schein der Nachtlampe so auf einmal mitten in dem Gemach stehen sah. Hart an der Tür gegenüber, die zu Klarens Zimmer führte, stand Vollrads Bett. Er hörte den lauten Odem seines ruhigen Schlafs. Ein heftiges Zittern überfiel ihn; er stand und schwankte zwischen dem Ruf der Leidenschaft, die ihn vorwärts trieb, und der erwachenden Stimme des Gewissens, die ihn zurückhielt, aber die Leidenschaft siegte. Leise wollte er an Vollrads Bett vorüberschleichen, ohne ihn anzusehen, doch wider seinen Willen wendeten sich seine Blicke nach ihm, da er näher trat, wider seinen Willen blieb er gefesselt vor seinem Bette stehen und betrachtete ihn. Der lang genährte Groll richtete sich auf in seiner Brust wie ein Gewappneter, da er ihn so ruhig schlummern sah, der ihm seinen Himmel geraubt und diese ruhelose Qual in sein Herz geworfen hatte. Es war ihm, als lag' ein bittrer Vorwurf gegen ihn in Vollrads Miene, aber dieser Vorwurf erbitterte nur die rasende Leidenschaft. Wer gab seinem Alter ein Recht auf den Schatz der Jugend? Dein war Klara von früher Kindheit an; dein wäre sie noch ohne diesen, und dein wäre sie wieder, – wenn diese Brust nicht mehr atmete! – Seine Sinne verwirrten sich. Der Boden schien ihm unter seinen Füßen zu schwanken. Vor seinen Ohren brauste es wie fernes Toben eines Waldstroms, und indem er auf die Brust des Schlafenden hinstarrte, die sich ruhig hob und senkte, kam es ihm vor, als spräng' auf der linken Seite ein blutiges Herz hervor; zugleich vernahm er die Worte: "Stoß zu, sonst ist's zu spät!" und hintendrein eine rauhe Stimme wie der Alten, die sprach: "Gebrauch ihn wohl! Was zögerst du!" Seine Rechte griff nach dem Dolch, den er jetzt allzeit im Busen trug. Indem regte sich Vollrad, als wollt' er erwachen. Georg riß den Dolch hervor und aus der Scheide, und hielt ihn hoch in der geschwungenen Faust. In diesem Augenblick fiel ihm jemand von hinten in den Arm, und da er sich voll Entsetzen wandte, sah er

Theresen vor sich stehen, nur halb bekleidet, bleich und odemlos. "Rasender!" rief sie mit leiser, gepreßter Stimme, die sich mühsam aus ihrem Busen rang. "Rasender! Was beginnst du! Es ist dein Vater, du bist sein und Franziskas Sohn!" Sie entriß ihm den Dolch, ergriff seinen Arm und zog ihn mit sich fort aus dem Gemach, und immer weiter nach dem Zimmer ihrer Großmutter. Georg folgte ihr in dumpfer Bewußtlosigkeit.

Als sie das Zimmer erreicht hatte und noch Licht darin bemerkte, schlug sie hastig an die Tür. "Wer klopft so spät?" schrie die Alte. "Mach auf, Mutter, schnell, um Gottes willen!" sprach Therese. Die Alte öffnete unwillig. Therese zog Georgen mit sich in das Zimmer, fiel dann vor ihrer Großmutter auf die Knie und rief: "Gebenedeiet sei die allerheiligste Jungfrau und die heilige Klara, die mich ausersehen, diesen da zu retten aus der Gewalt des Bösen. Ich habe dein Geheimnis verraten, strafe mich, ich duld' es gern!"

Sie erzählte mit flüchtigen Worten und noch fast odemlos, wie sie ruhig geschlafen, als sie dreimal hintereinander eine Stimme gehört, die ihr zugerufen: "Steh auf und geh hinaus!" wie sie auch jedesmal davon erwacht, allzeit aber vom Schlaf wieder übermannt worden, bis endlich die heilige Klara, so wie sie draußen auf dem Gange abgebildet stehe, ihr erschienen, sie ängstlich bei der Hand ergriffen und gesagt: "Steh auf und geh hinaus, es ist die höchste Zeit!" und wie sie da erschrocken aus dem Schlafe emporgeschreckt und aufgesprungen und nach dem Nebenzimmer geeilt sei, und dort Georgen erblickt habe, der mit gezücktem Dolch an Vollrads Lager gestanden. "Die Angst preßte mir dein Geheimnis aus der Brust", schloß sie, "er weiß es nun, und jetzt entdeck ihm alles!"

Die Alte schlug ein gräßliches Gelächter auf. "Nun ja!" rief sie, "hättest du zugestoßen, du hättest deinen Vater ermordet!"

Georg sank auf einen Stuhl und verhüllte das Gesicht in seinem Mantel.

"Leichtsinnige Verräterin!" wendete sie sich zu Theresen mit zornigem Gesicht. – "Kannst du die Folgen deiner Tat ermessen? Du reißest an den Tag, was ich so lange in dunkler Brust verborgen. Wie das Wort über deine Lippen tritt, ist es dem Schicksal verfallen, das es in sein fürchterliches Gewebe flicht." – Nach einem kurzen Nachdenken fuhr sie fort: "Es ist geschehn! Das ausgesprochne

Wort bringt keine Macht zurück. Sie hat Euch die Wahrheit gesagt. Der Verführer meiner unglücklichen Franziska, der Mann, der Eurer Mutter das Herz gebrochen, Euer Vater ist Vollrad."

Sie stand auf und holte aus dem Wandschrank einen Ring und mehrere Papiere herbei, und reichte alles Georgen hin; "diesen Ring", sprach sie, "schenkte Vollrad einst Eurer Mutter; in diesen Papieren findet Ihr Briefe und Aufsätze von ihrer Hand, auch liegt dabei ein Zeugnis von Klarens Vater, Euerm Vetter, über Eure wahre Abstammung und die Ursache unsers Betrugs. Er gab es mir damals auf den Fall seines Todes, um davon Gebrauch zu machen, wenn es die Not erforderte."

Georg nahm die Papiere und den Ring, und heftete seine starren Blicke darauf. Die Alte fuhr fort: "Ich schwieg bis jetzt. Ich hatte wichtige Gründe, auch gönnt' ich Eurem Vater keinen Sohn. Tut Ihr nun, was Euch gut deucht. Doch seid stets eingedenk, daß es die Hand einer Heiligen war, von Eurer Religion verachtet, die Euch vielleicht vom Vatermord errettet hat, und glaubt mir, nur in dem Schoß der wahren Kirche findet Ihr für Herzenswunden wie die Euern, Linderung und Genesung."

Georg wollte aufstehen, aber er sank kraftlos wieder in den Sessel zurück. Therese erschrak heftig, da sie ihn ansah. Erloschen starrten seine Augen aus ihren Höhlen, seine Zähne schlugen im Fieberfrost zusammen. Sie sprang hinaus, seinen Diener zu wecken. Mit Mühe brachten sie ihn nach seinem Zimmer. Der anbrechende Morgen fand ihn bewußtlos und der herbeigerufene Arzt schüttelte den Kopf.

Auf die Nachricht von Georgs Krankheit war Vollrad sogleich erschrocken herbeigeeilt und forschte vergebens nach der Veranlassung des plötzlichen Unfalls, die keiner von den Hausgenossen ihm sagen konnte und durfte. Indes mochte es ihm doch nicht verschwiegen werden, daß Georg noch spät in der Nacht bei Theresens Großmutter gewesen sei und sein Erstaunen, sowie sein Mißvergnügen darüber, entging Theresen nicht.

Bald kam auch Klara, und da sie Georgen so besinnungslos mit entstelltem Gesicht und halbgebrochnen Augen daliegen sah, brach ihre mühsam erzwungne Fassung mit einem Male zusammen. Sie warf sich laut weinend vor seinem Bette nieder und bedeckte seine Hand mit Küssen und Tränen.

Indem vernahm Herr Vollrad ein Getümmel und lautes Sprechen auf dem Hofe und sah vom Fenster herab, daß seine Leute unruhig hin und wider liefen. Bald darauf trat ein Diener voll Bestürzung in das Gemach und meldete, wie die ganze Stadt in Aufruhr sei, da eben die Nachricht hereingekommen, daß Tilly mit einem großen Heere am Rehberger Holze stehe und zur Belagerung der Stadt ernstliche Anstalten zu treffen scheine. Herr Vollrad eilte hinweg, nähere Erkundigungen einzuziehen. – Es verhielt sich so, wie ihm berichtet worden.

Da es Tilly nicht geglückt war, in Pommern etwas gegen den König von Schweden auszurichten, hatte er sich plötzlich wieder rückwärts gewendet, ernstlich entschlossen, Magdeburg nunmehr ohne Säumen mit aller Macht anzugreifen und sich womöglich noch vor Annäherung der Schweden in den Besitz dieses wichtigen Punktes an der Elbe zu setzen.

Wenige Tage nach seiner Ankunft, am 30. März (1631), ließ er durch Pappenheim das blutige Schauspiel eröffnen. Die Schanze im Rehberger Holze, *Trutz Pappenheim* genannt, mit einigen hundert Mann besetzt, wurde mit stürmender Hand erobert, die Besatzung niedergehauen und die Leichname in die Elbe geworfen. Ein gleiches Schicksal hatten an diesem und den nächsten Tagen der größte Teil aller übrigen Außenwerke. Zwar rief die Not der kaiserlichen Besatzung zu Frankfurt an der Oder, welches Gustav Adolf mit großer Übermacht und Gewalt angegriffen, Tillyn noch einmal von seinem angefangenen Werke ab, allein schon in Brandenburg erfuhr er das traurige Los der Seinen, die von den Schweden überwältigt und größtenteils der Rache geopfert worden waren (3. April), und mit desto größerer Erbitterung und vermehrtem Ingrimm kehrte er zur Belagerung Magdeburgs zurück.

Nach der Besetzung der Zollschanze, des wichtigsten Außenwerks, welches Falkenberg, der es nicht länger halten zu können meinte, am 21. April freiwillig geräumt, setzte Tilly den größten Teil seiner Truppen über die Elbe, die Stadt auch von der andern Seite ernstlich anzugreifen. Die Magdeburger steckten hierauf die beiden Vorstädte, Sudenburg und Neustadt, selbst in Brand, die Belagerer besetzten die Brandstätten und kamen mit ihren Arbeiten bald bis nahe an die Stadt, der sie nun durch mehrere Batterien hart zusetzten, und sie zur Nachtzeit durch eingeworfene Granaten und Bomben ängstigten.

Trotz der geringen Zahl der eigentlichen Besatzung und trotz der großen Uneinigkeit unter der bewaffneten Bürgerschaft, setzten dennoch die Belagerten diesen Angriffen einen mutigen Widerstand entgegen. Sie machten an einem Tage (25. April) drei glückliche Ausfälle, und fügten auch außerdem dem Feinde durch lebhaftes Kanonen- und Musketenfeuer großen Schaden zu. Der Pulvermangel aber setzte bald dieser wackern Verteidigung ein Ziel, und ließ den Belagerern freie Hand, die nun mit ihren Arbeiten von allen Seiten bis an den Stadtgraben vordrangen.

In der ersten Zeit dieser Angst und Gefahr war das Vollradsche Haus in zwei ungleiche und ganz verschiedne Hälften geteilt. Denn während der größere Teil der Hausgenossenschaft an den allgemeinen öffentlichen Angelegenheiten freiwillig oder gezwungen den lebhaftesten Anteil nahm und in beständiger, unruhiger Bewegung umhergetrieben wurde, schien Georgs Krankenzimmer gar nicht zum Hause, noch zur Stadt zu gehören, ja gänzlich in einer andern Gegend der Erde zu liegen, so wenig kümmerte Theresen sowohl als Klaren, die nicht aus dem Zimmer wichen, alles was außerhalb desselben vorging. Nur ihrem Schmerze und der Pflege des geliebten Kranken lebte Klara, und Therese stand ihr als teilnehmende Gehülfin und mitleidende Trösterin treulich zur Seite. Selbst Vollrad, der fleißig ab- und zuging, vergaß hier der allgemeinen Not und fühlte nur den Verlust, der seinem und Klarens Herzen drohte.

Oft wenn Therese ihn mit so kummervoller Miene an Georgs Lager stehen sah, auf des Kranken Odemzug lauschend, da schwebte das Geheimnis auf ihren Lippen und es trieb sie, ihn bei der Hand zu fassen und zu sprechen: ja traure nur, du armer Vater, es ist wirklich dein Sohn! Allein ein furchtbarer Schwur, den ihre Großmutter, auf die Nachricht von Georgs Bewußtlosigkeit, ihr abgezwungen hatte, verschloß ihren Mund. Der Ring und die Papiere waren wieder in den Händen der Alten, den Dolch verwahrte Therese.

Mehrmals bei Nachtzeit kam die Alte in Georgs Zimmer, trat an sein Bett und nachdem sie ihn lange betrachtet, machte sie ihm das Zeichen des Kreuzes über Haupt und Brust, legte ein Skapulier, welches sie um den Hals trug, auf seine Stirn und begab sich dann schweigend, wie sie gekommen war, wieder hinweg. – In der elften Nacht der Krankheit kam sie gleichfalls. Sie kniete an dem Bette nieder und betete, dann stand sie auf, zog ein silbernes Büchschen hervor und rieb mit dem darin enthaltenen Balsam des Kranken Schläfe und Brust. "Morgen ist der entscheidende Tag", sprach sie beim Weggehen zu Klaren. "Bete mit mir zur Heiligen Jungfrau, so wird sie ihn dir retten, und er rettet dich."

Bald darauf fiel Georg in einen tiefen und ruhigen Schlaf, der Arzt fand ihn am andern Morgen noch schlafend und meinte, nun werde es sich zeigen, ob es zum Leben gehe oder zum Tode. Über eine Weile erwachte der Kranke, schaute befremdet umher und versank dann in tiefes Nachsinnen wie es schien. Auf einmal streckte er seine Hand nach Klaren aus und rief: "Klara!" Mit hervorbrechenden Freudentränen ergriff sie die dargebotene Hand und drückte sie an ihre Brust. Darauf wendete sich Georg gegen Theresen und bot ihr gleichfalls lächelnd die Hand. Der Arzt empfahl Ruhe und Stille, und Klara ging hinaus, weil sie ihr Herz nicht meistern konnte.

Von diesem Augenblick an wendete sich die Krankheit mit raschen Schritten zur Genesung. Georg behielt das Bewußtsein, und ob er gleich still und ohne zu sprechen dalag, so war doch deutlich zu spüren, wie nach und nach die Erinnerung alles Vergangenen zu ihm zurückkehrte. Er blickte Theresen oft freundlich an und nannte sie leise seine Retterin, und als den andern Tag Vollrad ins Zimmer trat, geriet er in sichtliche Bewegung, verhüllte sein Gesicht, dann versuchte er sich emporzurichten, ergriff Vollrads Hand und führte sie an seine Lippen. Vollrad aber neigte sich freudig und tiefgerührt über ihn und küßte ihn auf die Stirn.

Da wenige Tage darauf die Belagerer die Stadt ernstlich und in der Nähe zu beschießen anfingen, und besonders das in der Neustadt und Sudenburg aufgepflanzte Wurfgeschütz in den obern Stockwerken der Häuser keine Sicherheit mehr gestattete, so mußte Georg nach einem Zimmer im Erdgeschoß gebracht, und es konnte ihm nun nicht länger verschwiegen werden, in welcher Lage sich die Stadt befand. In seinen erloschenen Augen dämmerte eine dunkle Glut auf, da Vollrad ihm erzählte, was indes vorgegangen. "Warum muß ich hier liegen?" seufzte er, und als Vollrad das Zimmer verlassen hatte, sprach er mit matter Stimme: "Gottes Hand liegt schwer auf mir. Warum ist mir's versagt, ein elendes und verworfenes Leben mit Ehren und zum Nutzen meiner Vaterstadt zu enden!"

Von dem Augenblick an, da Georg, außer Gefahr, der Besserung rasch entgegenging, hatte Klara sich zurückgezogen und erschien nur in Begleitung ihres Gemahls an seinem Lager; Therese aber blieb seine treue Wärterin, bis er imstande war, das Bett zu verlassen.

Die mächtige Sehnsucht und Begier in Georgs Herzen, sich in den Kampf zu mischen, schien allgewaltig selbst dem Körper zu gebieten, der wunderbar schnell von seiner Krankheit erstand. Schon nach wenig Tagen versuchte Georg einen Gang außer dem Hause, und als die Magdeburger sich zu dem Ausfall rüsteten, war er fest entschlossen, mitzuziehn. Weder die Vorstellungen seines alten Dieners, noch Theresens Bitten vermochten ihn zurückzuhalten. Therese lief in höchster Unruhe im Zimmer hin und her, auf einmal blieb sie vor ihm stehen, schlang die Arme um seinen Hals und rief in Tränen ausbrechend: "Wenn du stirbst, will ich auch nicht leben! Ich gehe mit dir, ich lasse dich nicht!" – "Wenn du mich liebst", sprach Georg, "was kannst du mir denn Besseres wünschen als den Tod?" Und damit, sanft sich von ihr losmachend, langte er seine Büchse von der Wand und eilte aus der Tür. Indem er aber hinaustrat, kam Herr Vollrad ihm entgegen und fragte ihn, wohin er so gerüstet eilen wolle, und da Georg seines Vorhabens kein Hehl hatte, trat er erschrocken und erbleichend zurück, und sprach mit bewegter Stimme: "Georg, mein Sohn, du wirst doch nicht also deinen Vater betrüben? Wenn keine Kugel dich trifft, wird doch die Anstrengung dich töten!" Da warf sich Georg zu seinen Füßen und umschlang seine Knie: "Vater! Vater!" rief er heftig aus, plötzlich aber riß er sich wieder empor und stürzte in sein Zimmer zurück. "Nein, nein", rief er, "ich bin's nicht wert, ihn Vater zu nennen! Hat diese verfluchte Hand nicht den Dolch gezückt auf sein Herz?" – Therese näherte sich ihm ängstlich. "Siehst du nicht", fuhr er, gegen sie gewendet, fort, "siehst du nicht den gräßlichen Buchstaben an meiner Stirn? Das heißt Vatermörder! Du kannst ihn nicht wegwischen. Mein Blut nur wäscht ihn ab!" Er eilte von neuem nach der Tür. Therese ergriff ihn beim Arm: "Und deines Vaters Bitte hörst du nicht?" Er blieb stehen und ließ sich von ihr zurückführen. "Und wer", hub sie wieder an, "wer wird deinen Vater, wer wird Klaren schützen, wenn es vielleicht zum Äußersten kommt und die Feinde uns überwältigen?" Er starrte eine Weile starr vor sich hin, dann reichte er seine Waffe Theresen hin, sank erschöpft in einen Stuhl und sprach mit matter Stimme: "Ach, wäre es mir doch wenigstens vergönnt für sie zu sterben!" – Therese wendete sich von ihm ab, trat an das Fenster und weinte still. –

Die Lage der Stadt ward indes mit jeder Stunde bedenklicher und von Wällen und Türmen schauten sehnsuchtvolle Blicke nach allen Seiten aus, ob die versprochene schwedische Hülfe sich nirgend zeigen wolle. Gegen Ende des April hatte der König seine Ankunft verheißen; aber der Monat war vorüber, und Gustav Adolf zögerte noch immer. Dagegen erwiesen sich die Kaiserlichen desto tätiger. Am Heideck führten sie einen breiten Damm von Reisern und Erde über den Graben, ohne daß Falkenberg mit aller Gegenwehr es hindern konnte, und auf der Seite der Neustadt mußte die Besatzung täglich mehreremal Pappenheims Truppen, welche bis in den Stadtgraben vordrangen, durch Ausfälle mit dem Degen in der Faust zurücktreiben, ja Pappenheim ließ aus dem Bollwerk an der Neustadt alle Sturmpfähle ausgraben und endlich einige hundert Sturmleitern anlegen. Alles war in der bangsten Erwartung eines Sturms. In den meisten Häusern fing man an, den besten Teil seiner Habe zu verstecken und zu vergraben.

Auch Vollrad war darauf bedacht, was er an barem Gelde, Silbergeschirr oder andern Kostbarkeiten besaß, mit Zuziehung Georgs und eines alten vertrauten Handlungsdieners in Sicherheit zu bringen, und sie hatten bereits einen Teil davon in einer Nacht im Garten vergraben, als einige bei einem Ausfall gemachte Gefangene die willkommene Kunde in die Stadt brachten, daß die Kaiserlichen, aus Furcht vor den Schweden, bereits Brandenburg, Rathenow und andere Orte verlassen hätten und die schwedische Reiterei schon bis über Nauen und Zerbst hinaus streife.

Diese Nachricht verbreitete allgemeine Freude und belebte die welkende Hoffnung von neuem. Auf allen Straßen standen heitere Gesichter zusammen; Bekannte und Unbekannte drückten sich freundlich die Hand; man glaubte sich schon gerettet, und obgleich Tilly am 7. Mai, wahrscheinlich durch dieselbe Nachricht zur Anwendung des Äußersten getrieben, die Stadt wieder aus acht Batterien aufs heftigste zu beschießen anfing und die ganze Nacht und den folgenden Tag damit fortfuhr, so vermochte dies doch den frisch gestählten Mut der Belagerten so wenig zu beugen, daß, als von dem kaiserlichen Feldherrn eine neue, dringende Aufforderung zur Übergabe eingelaufen war und der Magistrat, am neunten früh, die gesamte Bürgerschaft in den Häusern der Viertelsherren versammeln und ihnen die Frage vorlegen ließ: ob man mit dem Tilly wegen der Übergabe unterhandeln solle oder nicht? nur einige Viertel sich für die Unterhandlung erklärten, andere alles dem Gutachten des Magistrats überließen, die meisten aber durchaus von keiner Übergabe hören wollten.

Der Magistrat indes, welchem die höchst gefahrvolle Lage der Stadt besser bekannt war, kam von neuem auf dem Rathause zusammen und auf den nachdrücklichen Bericht des Ratsherrn Otto von Gericke, als Bauherrn, daß der Feind an dem Bollwerke bei der Neustadt bereits alle Sturmpfähle ausgegraben und die Besatzung daher stündlich dem Überfall ausgesetzt sei, nahm der Syndikus, D. Johann Denhardt, das Wort und stellte vor, "was die Stadt denn eigentlich anfangen wolle, da es ihr an Pulver fehle und sie den Feind bis an die Wälle habe vordringen lassen? Der Rat möge es bedenken und nicht so viel tausend Menschen ins äußerste Verderben stürzen." Hierauf faßten die Anwesenden endlich den Entschluß, die Unterhandlung mit dem kaiserlichen Feldherrn zu eröffnen und meldeten dies dem schwedischen Kommandanten. Doch sollte der Trompeter mit der Antwort auf das Tillysche Schreiben erst den andern Tag zurückgesendet werden, da man vor der Rückkehr desselben ins Lager keinen Sturm befürchten zu dürfen glaubte und auf diese Weise noch die kostbare Frist eines Tages zu gewinnen hoffte.

Während dieser Zeit war die Besatzung sowohl als der größte Teil der Bürgerschaft beinahe unablässig unter den Waffen und auf den Wällen gewesen, und Georg, dem die Anführung eines kleinen

Haufens vertraut worden war, ließ sich nicht abhalten, den Geringsten gleich, sich jeder Beschwerlichkeit und Gefahr zu unterziehen.

Am neunten nachmittags schwieg auf einmal das feindliche Geschütz rings um die Stadt; der Turmwächter auf dem Dom berichtete, daß von den Batterien an der Sudenburg die Stücke abgeführt würden. Freudig glaubten die Belagerten darin die Bestätigung ihrer Hoffnungen zu erkennen. Weil man indes späterhin einige ungewöhnliche Bewegungen des Feindes entdeckte, so wurden dennoch für die nächste Nacht die Maßregeln der Vorsicht verdoppelt und auf den Fall eines Sturms alles zum kräftigsten Widerstande bereitgehalten. Georg aber, unter der fortgesetzten Anstrengung endlich erliegend, eilte gegen Abend nach Hause, die gänzlich erschöpfte Kraft durch einige Stunden Schlaf zu stärken und nachdem er Vollraden seine Hoffnung mitgeteilt, daß diese die letzte bange Nacht sein werde, warf er sich angekleidet auf sein Lager.

Es mochte gegen Mitternacht sein, als er sich beim Arm ergriffen und unsanft gerüttelt fühlte. Er hatte Mühe sich dem Schlafe zu entwinden, und als er die Augen aufschlug, sah er Theresens Großmutter, eine Lampe in der Hand, vor seinem Bette stehen. "Schlaf nur, schlaf!" sprach sie in sich hinein mit dumpfer Stimme. "Euer Erwachen wird schrecklich sein!" – Georg richtete sich erschrocken empor und starrte sie an. Sie fuhr fort: "Merk wohl auf, was ich dir sage. Es könnte doch endlich kommen, daß Gott die Schale seines Zorns ausgösse über diese Stadt und Euer törichter Widerstand sie der Rache ihrer Feinde in die Hände lieferte; drum sage ich dir, raffe was du kannst an Gold und Kleinodien zusammen, und das tue ohne Verweilen, und wenn der entscheidende Augenblick gekommen und die Kaiserlichen eindringen in die Stadt, dann nimm Klaren an die Hand und halte dich zu mir: Euch will ich retten." – Als sie dies gesagt hatte, ging sie eilig hinweg; an der Tür aber wendete sie sich noch einmal und sprach: "Gedenke meiner Worte und säume nicht! Die Augenblicke sind teuer diese Nacht. Ich habe noch viel zu tun." Damit schlüpfte sie hinaus. Georg wollte aufspringen und ihr nacheilen, daß sie ihm Rede stünde, doch eine betäubende Mattigkeit lag mit bleiernem Gewicht auf seinen Gliedern, mit Gewalt drückte der Schlaf auf seine Augenlider und über dem Bestreben selbst, sich seiner zu erwehren, schlief er ein, wachte jedoch bald nachher wieder auf und schlief von neuem ein, und so lag er lange Zeit und arbeitete sich ab in beständigem Ringen mit dem Schlafe. Endlich gelang es ihm, sich zu erheben. Er sprang auf; sein erster Gedanke war, die Alte aufzusuchen. Er eilte nach dem Hofe, wo sie jetzt wohnte; auf der Schwelle ihres Gemachs trat ihm Therese ängstlich und verstört entgegen. Sie hatte einige Papiere und einen Ring in der Hand, den er alsbald für den Ring seiner Mutter erkannte. Sie reichte ihm beides hin und sprach: "Nehmt hin! Das ist Euer Eigentum und nur in Eure Hände gehört es!" Georg aber, dem lediglich die wunderlichen Reden der Alten zu Sinne lagen, fragte sie hastig nach ihrer Großmutter. Therese schüttelte den Kopf. Indem fiel ihm ein, daß sie wohl in ihrer alten Wohnung sein könnte, und er lief daher schnell die Treppe hinauf, sie dort zu suchen.

Als er sich dem steinernen Heiligenbilde auf dem Gange näherte, sah er schon von weitem die Lampe der Alten davor stehen; sie selbst aber war nicht dabei. Es fiel ihm ein, wie er sie hier zuerst getroffen, und wie sie damals behauptet, daß sie die Heilige oft weinen gesehn, und indem er nach dem Bilde hinschaute, kam es ihm in diesem Augenblicke wirklich so vor, als blinkten Tränen in dessen Augen und als öffnete sich sein Mund zum schmerzlichen Weheruf. Er beschleunigte seine Schritte. – Das Zimmer der Alten war leer. Er rief ihren Namen mehreremal; nur der Widerhall antwortete ihm aus den langen Gängen. Von einer bangen Ahnung getrieben, eilte er wieder die Treppe hinab, sich mit Vollrad zu beraten. Der Diener, welcher im Vorhause wachte, meldete ihm, daß Herr Vollrad, der ebenfalls mehrere Nächte ohne Schlaf verbracht, bei der Ruhe, die in der Stadt herrschte, eben zu Bett gegangen sei. Allein für Georgen war hier kein Bleibens; er verließ das Haus und begab sich nach dem Wall.

Dort war indes alles ruhig. Die tiefste Stille herrschte im kaiserlichen Lager; keine Bewegung war zu spüren, kein Laut tönte herüber; man glaubte alle Gefahr verschwunden und erwartete sehnsuchtvoll den Morgen, daß sein Licht die süße Hoffnung endlich errungener Befreiung bestätigen möge.

Endlich rötete sich der Himmel im Osten; heiter und herrlich geht der gräßliche zehnte Mai über der unglücklichen Stadt auf. Tausend begrüßen ihn als ihren Befreier und ahnen nicht das Verderben, welches er in seinem Schoße trägt. Die Stille im feindlichen Lager dauert fort; der schwedische Kommandant, durch sie betrogen, begibt sich unbesorgt auf das Rathaus; ein Teil der Bürger folgt ihm dahin, und die größere Hälfte der Offiziere, Soldaten und Bürger, von Nachtwachen erschöpft, eilt nach Hause, sich in den Armen des Schlafs von der langen Anstrengung zu erholen. Auch Georg, von dem Schlummer der vergangenen Nacht mehr ermattet als gestärkt, folgt dem Zureden seiner Bekannten, kehrt heim und legt sich noch einmal zur Ruhe. Vollrad war nach dem Rathause gegangen, wo der Trompeter an Tilly abgefertigt werden sollte.

Draußen aber im kaiserlichen Lager war vorsichtig und in größter Stille während der Nacht alles zum Sturm vorbereitet worden, und als die Sonne aufging, harrten die mord- und raubgierigen Scharen, in den Laufgräben und hinter den Mauertrümmern der Vorstädte gelagert, ungeduldig auf die sechs Kanonenschüsse, welche das Zeichen zum Angriff geben sollten. Tillys Bedenklichkeiten verzögerten es noch.

Um sieben Uhr endlich donnern die Kanonen, und Pappenheim wirft sich mit seiner ganzen Macht, unter dem Feldgeschrei "Jesus Maria!" jeder Soldat eine weiße Binde um den Arm, auf die hohe Pforte und das neue Werk, überwältigt die geringe, überraschte und schlaftrunkne Besatzung nach kurzem Widerstande und ersteigt die Werke. Andere Truppen dringen zur selben Zeit um das Ronde am Fischerufer durch die seichte Elbe ohne Mühe in die Stadt.

Plötzlich hört man auf dem Rathause, wo Falkenberg noch einmal in einer feurigen Rede den Entschluß des Magistrats umzustimmen versucht hatte, den Wächter vom Johannisturm herab Sturm blasen, sieht die Kriegsfahne ausgesteckt, die Sturmglocken angeschlagen, ein schreckliches Musketenfeuer erhebt sich und wird immer heftiger. Otto von Gericke, der nach dem Fischerufer geeilt war, bringt die Nachricht zurück, daß die Kroaten bereits in der Stadt und mit Plünderung der Fischerhäuser beschäftigt sind. In größter Bestürzung begibt sich der Magistrat auf den Markt. Man sendet Trommelschläger ab, die noch um einen Akkord bitten sollten. Falkenberg wirft sich aufs Pferd und eilt mit einiger, schnell zusammengeraffter Mannschaft nach der Gegend des neuen Werks.

Unterdessen läuft die Schreckenspost durch alle Straßen und das furchtbare, immer stärker anwachsende Getöse gibt den aus ruhigem Schlummer Emportaumelnden sogleich die schreckliche Bestätigung.

Im Vollradschen Hause drangen einige der erschrockenen Hausgenossen in Georgs Zimmer und weckten ihn. Er sprang auf und warf seine Kleider über. Klara stürzte bleich und händeringend herein und hinter ihr auch Vollrad. "Es ist alles verloren!" rief er atemlos. "Die Kroaten sind bereits in der Stadt!"

Georg versprach sichere Nachricht einzuholen und begab sich in Begleitung eines Dieners hinweg. Draußen aber fielen ihm die Worte der Alten ein; er kehrte deshalb zurück, empfahl Vollraden, sich wohl mit Geld zu versehen und lief dann, jene aufzusuchen, doch vergebens; weder sie, noch auch Therese war zu finden.

Als er auf die Straße trat, empfing ihn schon das Jammergeschrei der Weiber und Wehrlosen, die in höchster Angst hin und wider liefen; aus allen Häusern stürzten, noch halb schlaftrunken, bewaffnete Bürger und eilten nach den Wällen. Georg sammelte einige derselben um sich und setzte seinen Weg nach der Gegend des Marktes fort. Das Musketenfeuer schien sich zu nähern, zwischendurch hörten sie wildes Jauchzen. Sie beschleunigten ihre Schritte. Auf einmal kam ihnen das Geschrei entgegen: "Falkenberg ist erschossen! Alles verloren! Die Feinde schon in der Lakenmacherstraße!" Einzelne Flüchtlinge, größtenteils verwundet, bestätigten es. Schon hatte Falkenberg am neuen Werk die Kaiserlichen in Unordnung zurückgetrieben, als eine Kugel ihn, tödlich verwundet, niederstreckte. Ohne Anführer, endlich auch ohne Munition, wichen die Soldaten in die Stadt zurück, und mit den Fliehenden zugleich drangen auch die Feinde durch das Tor.

Einige von Georgs Begleitern stutzten, andere schritten mutig vorwärts, und Georgs Zureden bewog endlich auch die übrigen, ihm zu folgen. Seitwärts von der Gegend des Krökentors her erhob sich indem ein neues heftiges Schießen; vor ihnen stiegen dicke Rauchwolken empor, denn Pappenheim hatte unweit der hohen Pforte einige Häuser in Brand stecken lassen. So gelangten sie in die Lakenmacherstraße.

Hier hatte indes ein wackerer Hauptmann namens Schmidt die Weichenden ermutigt, die Fliehenden gesammelt und führte sie von neuem gegen die andringenden Feinde. Georg und die Seinigen blieben nicht dahinten; mit jedem Augenblicke mehrte sich der Haufe durch die herbeieilenden Bürger, wütend warfen sie sich auf den Feind, und es gelang ihnen nach einem hartnäckigen Kampfe, ihn bis an den Wall zurückzutreiben. Doch hier wendete das Glück der heldenmütigen Schar den Rücken, der tapfre Hauptmann fällt schwer verwundet; in demselben Augenblick greift Pappenheim, der seiner Reiterei mit Piken und Haken einen Quersteig über den Wall gebahnt hatte, mit derselben unter Pauken- und Trompetenschall die Magdeburger an, und als nun zugleich auch Tilly selbst durch das überwältigte Krökentor mit frischen Scharen eindringt und die Kanonen von den Wällen gegen die Straßen richten läßt, da weichen endlich die Ermatteten der Übermacht und die letzte Hoffnung Magdeburgs erlischt.

Während die Kaiserlichen mit furchtbarem Freudengeschrei die Fliehenden verfolgen und einzelne Haufen der letztern noch immer wieder, an mehrern Orten der Stadt, sich zu verzweiflungsvollem, doch vergeblichen Widerstande sammeln, eilte Georg, seines Vaters und Klarens eingedenk, nach Hause zurück.

Hier lief alles in der größten Verwirrung durcheinander. Es hatten sich viele Leute, größtenteils Frauen und Kinder, aus der Nachbarschaft eingefunden, die Rat und Hülfe von Herrn Vollrad begehrten; von den Hausgenossen waren einige mit der Sicherung ihrer Habe, andere mit Anstalten zur Verteidigung beschäftigt. Vollrad kam ihm entgegen und fragte ihn ängstlich, was noch zu hoffen sei. "Es ist nichts mehr zu hoffen!" rief Georg. "Die Stadt ist in Feindeshänden. Ein jeder mag nun zu dem Seinigen sehen!" Da erhub sich unter den Frauen ein allgemeines Wehklagen und Jammern, und alles, was nicht zum Hause gehörte, machte sich in großer Angst und Bestürzung schleunig hinweg; Georg aber befahl, Tür und Fenster zu verrammeln, allen Mut einsprechend und tröstend, daß nur der erste Anlauf zu fürchten sei; wenn es ihnen nur gelänge, diesen abzuwehren; die Ordnung würde bald wieder hergestellt sein. – Indem sie nun bei diesem Geschäft waren, vernahmen sie auf einmal ein so schreckliches Krachen von Kanonen und kleinem Gewehr, daß sie meinten, das Haus stürze zusammen; es dauerte aber nur einen Augenblick; darauf folgte ein furchtbares Geschrei und dann ward es ganz still. Alle horchten voll banger Erwartung; da wurde heftig an die verschlossene Haustür gepocht. Einer sah den andern erschrocken an, und keiner wollte hingehn zu öffnen oder zu fragen; endlich lief Georg die Treppe hinan nach dem obern Stockwerk und schaute dort aus dem Fenster. Ein feiner Knabe stand vor der Tür, und als er auf Georgs Zuruf in die Höhe sah und um Gottes willen schleunigen Einlaß verlangte, erkannte Georg mit Erstaunen, daß es Therese sei. Er eilte hinab, zu öffnen. Therese, in männlicher Kleidung, das Schwert an der Seite, eine weiße Binde um den Arm, stürzte odemlos herein. Sie lief auf Klaren zu, umschlang ihre Knie und rief: "Mit Euch will ich leben oder sterben, wenn ich Euch nicht retten kann!" Vollrad und Georg fragten voll Verwunderung, wo sie gewesen? Wie sie zu solcher Kleidung komme? Wo ihre Großmutter sei? "Fragt jetzt nicht", sprach sie, "sondern tut, was noch zu tun ist, denn wenig Augenblicke nur sind noch unser. Aller Widerstand ist gebrochen. Wie eine schüchterne Herde treiben die Kaiserlichen eure Bürger zu Tausenden vor sich her und hauen sie nieder ohne Gegenwehr." Da Georg aber fortfuhr nach ihrer Großmutter zu fragen, zog sie ihn beiseite und sprach: "Ach *sie* ist in Sicherheit. Sie wollte Euch retten, doch zu spät. Ich war mit ihr in einem Hause, unweit der hohen Pforte, als der Sturm begann und sie wollte mich noch weiter schleppen, doch ich machte mich los und mitten durch Feind und Freund hat die Heilige Jungfrau mich hieher geleitet."

Georg wollte noch weiter fragen, allein der Lärm, der plötzlich draußen entstand, unterbrach ihn. "Sie kommen!" rief Therese. Ein gräßliches Jauchzen und Jubelgeschrei: "All gewonnen! All gewonnen!" erfüllte die Luft, Trommeln wirbelten, Reiterei sprengte durch die Straße; sie hörten Türen aufschlagen und zwischendurch das Wehgeschrei der Flüchtenden und Gemißhandelten. Händeringend warf sich Klara, heulend stürzten die Mägde auf die Knie und beteten laut. Schon donnerten Kolbenschläge gegen die Tür. Vollrad, weniger für sich und seine Habe, als für Klaren besorgt, entschloß sich, das Haus preiszugeben und lieber in den Garten zu flüchten, bis der erste Anlauf vorüber sei, und so zog er hinaus mit allen den Seinigen, bis auf den ältesten Handlungsdiener, welcher durchaus nicht zu bewegen war, das Haus zu verlassen. Auch Georg wollte bei ihm bleiben, allein Vollrads und Klarens Bitten rissen ihn mit sich fort.

Ein kleines Haus stand am äußersten Ende des Gartens im Gebüsch versteckt und dort hinein gingen sie. Sie hörten bald, wie in dem Wohnhause die Türen eingeschlagen, Fenster und Hausgerät zertrümmert wurden; sie hörten das Toben und Fluchen der Plünderer im Hofe, ja einmal drang ein wilder Haufe bis in den Garten und durchsuchte alle Winkel. Georg zog sein Schwert und stellte sich an die Tür. Doch wie durch ein Wunder entging ihr Zufluchtsort den raubgierigen Spähern und ein plötzlicher Tumult auf den Straßen trieb sie schleunig aus dem Garten.

So harrten sie an zwei Stunden in unaufhörlicher Angst; die Hoffnung auf baldige Rückkehr der Ordnung und Ruhe ward immer geringer. Das gräßliche Lärmen und Toben dauerte ringsumher noch fort, es schien sogar mit jedem Augenblicke noch zu wachsen. Einzelne fallende Schüsse und das Jammergeschrei, welches von Zeit zu Zeit aus den benachbarten Häusern herüberdrang, ließ sie das Gräßlichste ahnen. Endlich bemerkten sie, daß der Garten ganz voll Rauch ward. Georg wagte sich hinaus und kam bald in großer Bestürzung zurück. "Hier ist unsers Bleiben nicht länger", sprach er zu Vollrad, den er beiseite zog. "Es brennt auf allen Seiten; die ganze Stadt scheint in Flammen zu stehen." Therese hatte seine Worte vernommen und rief: "Wohlan, so laßt uns nicht säumen, weil wir noch ein Tor erreichen können! Ich will euch führen und hoffe euch zu retten."

Vollrad konnte sich lange nicht entschließen; doch als unter dem Ratschlagen und Hin- und Widerreden der Rauch immer stärker ward, sahen sie wohl alle, daß ihnen nichts anderes übrig sei, und mußten sich also mit Angst und Zittern drein ergeben.

Eine Hinterpforte des Gartens führte nach einem Nebengäßchen; dorthin nahmen sie ihren Weg. Therese band auch Georgen ein weißes Tuch um den Arm; die übrigen alle mußten ihre Waffen ablegen oder verbergen. – Als sie eine Stelle erreichten, wo man nach dem Wohnhause hinsehen konnte, schlug eben die Flamme aus dem Giebel empor; da lehnte sich Vollrad an einen Baum und verhüllte das Gesicht in seinen Mantel. Klara schluchzte laut. Therese aber trieb zum Weitergehen, ergriff Vollrads Hand und riß ihn mit sich fort.

Als sie auf die Straße traten, zog sie das Schwert und schritt mutig voran. Georg mit Klaren ging hinter ihr, neben Klaren Vollrad; die andern folgten. Sie waren bald von Soldaten umringt, die schreiend und fluchend auf sie eindrangen; doch mit der Losung: Jesus Maria! die Rechte mit dem Schwert und der weißen Binde hoch emporgehoben, machte Therese sich überall Bahn. Wo es am härtesten herging wußte sie, wie durch göttliche Eingebung, bald mit diesem, bald mit jenem Wort, bald auf italienisch, bald auf deutsch, bald durch die kecke Versicherung: "sie sei der Leibbursche des Obersten vom Holsteinschen Regiment, und dies seien seine Gefangene", bald durch ein Geschenk, welches Vollrad reichen mußte, den tollen Haufen zu beschwichtigen, wobei ihre gebrochene Aussprache des Deutschen ihr sehr zustatten kam.

So gelangten sie mitten durch den wütenden Tumult, durch unerhörte Greuel, die an ihrer Seite verübt wurden, durch Blut und Brand, über Leichen und Trümmer, unangetastet bis auf den breiten Weg. Hier aber wurde das Toben und Gedränge so arg, daß sie bald nicht mehr weiter konnten. Theresens Worte waren hier verloren und wurden nicht geachtet. Ein Soldat holte eine der Mägde aus ihrer Mitte heraus und schleppte sie mit sich fort, ohne daß sie ihr beistehen konnten. Zwei von den Dienern, die sich nicht ausplündern lassen wollten, sondern sich zur Wehre setzten, wurden vor ihren Augen niedergestochen, und sie gerieten dabei alle in die höchste Gefahr.

In dieser Not ersah Therese einen von den Hauptleuten zu Pferde, drängte sich an ihn und ob er gleich anfangs abwehrend mit der Hand winkte, so wandte er doch allsogleich sein Pferd, als sie ein Blättchen Pergament aus dem Busen holte und ihm zeigte. Er hieß Klaren an seinen Steigbügel fassen, Vollrad hielt sich an das Pferd des Reiters, den er bei sich hatte, und so führte er sie gegen das Sudenburger Tor, welches nicht weit entfernt war. Hier brannten auch schon mehrere Häuser, daß sie Mühe hatten durchzukommen. Doch kaum waren sie draußen vor dem Tor, als ein andrer Offizier herbeisprengte und heimlich mit jenem sprach. Darauf sagte dieser, er müsse zurück und könne sie nicht weiter geleiten, befahl seinem

Reiter, sie nach Fermersleben zu führen, wo das Tillysche Lager stand, und ritt eilig davon. Der Soldat aber bezeigte wenig Lust, den Befehl seines Herrn zu vollstrecken, während seinen Kameraden die Schätze Magdeburgs in die Hände gegeben waren, und so große Verheißungen ihm auch Georg machte, wenn er bei ihnen bleiben wollte, war doch die Hoffnung reicher Beute noch größer; er ließ sie bald mitten auf der Straße stehen und jagte gleichfalls nach der Stadt zurück.

So also von neuem sich selbst und ihrem guten Glück überlassen, wollten sie ihren Weg allein fortsetzen. Glücklich gelangten sie auch bis an die letzten Häuser der zerstörten Sudenburg, doch hier kam ihnen plötzlich ein Schwärm Soldaten, großenteils Ungarn und Kroaten, entgegen, die auch aus dem Lager zu dem allgemeinen Mord- und Raubfest eilten. Mit wildem Geschrei umringten sie Vollrad und die Seinigen. Therese wurde nicht verstanden oder verspottet. Vergebens gaben Georg und Vollrad alles her, was sie von Werte bei sich trugen; immer wütender schrie der Haufe: "Gib Geld! Gib Geld!" und einige fingen an, den Dienern und Mägden die Kleider vom Leibe zu reißen und schlugen beim geringsten Widerstande wie Rasende auf sie los. Georg rief seinen Gefährten mit lauter Stimme zu, sie sollten sich in das Haus flüchten, vor welchem sie eben standen und welches noch ziemlich unversehrt war, faßte Klarens Hand und wollte sie eben auch hineinführen, als zwei Kroaten dieser nachliefen, der eine nach einem goldnen Kettlein greifend, welches sie um den Hals trug, es ihr mit Gewalt abriß, der andre aber sie um den Leib faßte, willens sie mit sich fortzuführen; da blieb Georg nicht länger seines Zornes Meister, und mit einem gewaltigen Streiche schlug er den frechen Räuber nieder, daß er in seinem Blute sich am Boden wälzte. Brüllend vor Wut stürzte nun die ganze Rotte auf ihn los. Er aber stellte sich vor eine kleine Brücke, die zu dem Eingang des Hauses führte, an seine Seite sein alter Diener, der schnell Theresen das Schwert aus der Hand genommen hatte, und so mähten sie unter den dichten Haufen so grimmig hinein, daß die Angreifer stutzten und zurückwichen. Doch indem Georgs Diener seinen Vorteil zu hitzig verfolgte, erhielt er von hinten mit einem Spitzhammer einen Schlag auf den Kopf, der ihn sogleich zu Boden streckte. Georg sah ihn fallen, sogleich aber auch sah er Theresen, die das Schwert des Gefallenen aufraffte und wütend damit um sich hieb. Ein Kroat unterlief sie und wollte es ihr entringen; schnell besonnen riß sie ihren Dolch aus dem Gürtel und stieß ihn jenem ins Herz. Da indes der Haufe der Angreifenden sich immer noch durch die vorübereilenden Soldaten mehrte, fügte es sich, daß einer herbeigelaufen kam, der zwei Musketen trug. Dieser machte sich Platz, legte an und schoß, und tödlich getroffen sank Therese zu Georgs Füßen nieder. Der zweite Schuß traf Georgen und zerschmetterte ihm den linken Arm. "Rette deinen Vater!" stammelte Therese. Georg zog sich auf die Brücke zurück, und des zerschmetterten Arms nicht achtend, verteidigte er den Eingang des Hauses noch immer mit verzweifelndem Mute; doch fühlte er, wie sein Arm ermattete und seine Kräfte sanken.

Da sprengte ein Offizier herbei mit einigen Reitern, und da er Georgen also stehen sah auf der Brücke, wie einen Engel mit dem Flammenschwert, rechts und links niederschmetternd, was ihm zu nahen wagte, da schrie er den Rasenden zu: "Halt ein!" und machte sich Bahn durch den tollen Schwärm. Georg blickte auf und erkannte den Hauptmann Montenero; in diesem Augenblick aber stieß ihm ein Wütender die Partisane durch den Leib. Er taumelte zurück und sich an einem Pfahle aufrecht haltend rief er dem Hauptmann zu mit matter Stimme: ‚Montenero, ich habe dein Leben gerettet, rette nun diese dort!" indem er nach dem Hause zeigte, und so sank er zur Erde.

Der Hauptmann ließ schnell das Haus durch seine Reiter besetzen, und da der Haufe gegen diese nichts zu unternehmen wagte, zogen sie schimpfend und fluchend von dannen. Er sprang vom Pferde und näherte sich Georgen. "Müssen wir so uns wiedersehen!" rief er schmerzlich aus. Georg zeigte nach dem Hause und sprach: "Dort ist mein Vater und Klara! Bringe sie in Sicherheit." Indem stürzten auch schon Vollrad und Klara aus dem Hause, und da sie Georgen so in seinem Blute schwimmen sahen, warfen sich beide laut schreiend neben ihm nieder. Freudig lächelnd aber ergriff er Klarens Hand und sprach: "Beruhigt Euch! Ich sterbe einen schönen Tod."

Er verlor viel Blut; hier war keine Hülfe zu erwarten; der Hauptmann befahl daher, daß zwei von den Reitern ihn behutsam vor sich auf die Pferde nehmen sollten; ein gleiches geschah mit Theresen, die mitten durch die Brust geschossen, ohne ein Zeichen des Lebens dalag. Langsam setzte sich der Trauerzug nach dem nächsten Dorfe in Bewegung, und wie sie über das Feld so dahinzogen, erblickte Georg den wohlbekannten Drudenbaum auf dem Hügel, wo er vor wenig Monden, in die Heimat rückkehrend, gesessen. Er begehrte durchaus dorthin gebracht zu werden und stand nicht ab davon. Der Hauptmann ergab sich endlich seinem Verlangen, doch sandte er einige Reiter aus nach Hülfe, und Vollrad fügte das Versprechen einer großen Belohnung hinzu, wenn sie schleunig einen Wundarzt herbeischafften.

Auf dem Hügel verlangte Georg so gesetzt zu werden, daß er mit dem Rücken gegen die Eiche gelehnt, die Ansicht nach der Stadt hätte.

Da lagen nun die Türme in Rauch und Flammen gehüllt vor ihm, ein verworrenes, schreckliches Getöse und Geschrei drang bis zu ihm herüber, und er lag blutend und sterbend unter dem Baume, und alles war also erfüllt, wie er es damals auf derselben Stelle zwischen Traum und Wachen vor sich gesehen.

„Gebt euch keine Mühe weiter!" sprach er zu Vollrad und dem Hauptmann, die versuchen wollten, sein Blut zu stillen, und reichte lächelnd der neben ihm knienden Klara die Hand. – "Es ist vorbei! Hier will ich sterben. Mein heißer Wunsch ist mir gewährt; ich sterbe, für dich und meinen Vater, und dieses strömende Blut wäscht mich rein von meiner Schuld. Jetzt, Vater, mag ich dich um deinen Segen bitten. Ich bin dein Sohn, ich bin Franziskas Sohn!" – Vollrad sprang empor und starrte ihn an. "Ja, er ist's!" schluchzte Klara. "Nicht mein Bruder, dein Sohn, Franziskas Sohn!" Da hob Vollrad Augen und Hände gen Himmel, Tränen brachen aus seinen Augen, und er warf sich auf seine Knie, faltete die Hände und betete lange mit gesenktem Haupte; darauf erhob er sich, faßte Georgs Hand und rief: "Mein Sohn! Mein Sohn! Warum hast du mir das getan! Warum erst jetzt, erst jetzt!"

Indem rief die Magd, welche mit Theresen beschäftigt war: "Sie lebt, sie schlägt die Augen auf!" Und da alle sich nach ihr hinwandten, richtete sich Therese mühsam mit halbem Leibe empor, sah sich um und sprach mit leiser Stimme: "Wo bin ich?" und Georg erblickend, loderte das erloschene Auge noch einmal in heller Flamme auf und sie fuhr lächelnd fort: "Bei dir! Bei dir! Wohlan, wir wollen miteinnander gehn." – Sie begehrte, daß man ein Papier aus ihrer Tasche nehmen und es Vollraden überreichen solle. Es enthielt Franziskas Ring und die Papiere, welche die Alte einst Georgen zugestellt hatte. Zugleich fiel ein Blatt Pergament mit heraus, und der Hauptmann erkannte mit Erstaunen unter einem doppelten Kreuz und der Losung: "Jesus Maria!" Tillys Siegel und Unterschrift

Hierauf faßte Therese Georgs und Klarens Hände, die sie ihr entgegenreichten, in der ihrigen zusammen, sank erschöpft zurück und schloß die Augen, und wie ihre Hand immer kälter und kälter ward, wurde auch Georgs Angesicht immer bleicher, seine Züge immer starrer. "Bete für mich, Klara!" sprach er endlich leise – und sich zu Vollrad wendend: "Vater, gib mir deinen Segen!" und indem dieser ihm weinend die Hände auf das Haupt legte, brachen seine Augen und der Segen des Vaters geleitete seine Seele hinüber von der blutigen Erde in das Land des Friedens.

Der herbeieilende Feldarzt kam eben recht, um Vollrad und Klaren seine Hülfe angedeihen zu lassen. Der Hauptmann führte sie nach dem nächsten Dorfe und von dort weiter nach Halberstadt.

Georg und Therese liegen nebeneinander zu Fermersleben begraben.

Nur wenige Wochen überlebte Klara den schrecklichen Tag, und Gott erhörte Vollrads Gebet und bereitete seinem nun ganz verwaiseten Herzen bald die Ruhestatt an ihrer Seite.

Über tredition

Eigenes Buch veröffentlichen

tredition wurde 2006 in Hamburg gegründet und hat seither mehrere tausend Buchtitel veröffentlicht. Autoren veröffentlichen in wenigen leichten Schritten gedruckte Bücher, e-Books und audio-Books. tredition hat das Ziel, die beste und fairste Veröffentlichungsmöglichkeit für Autoren zu bieten.

tredition wurde mit der Erkenntnis gegründet, dass nur etwa jedes 200. bei Verlagen eingereichte Manuskript veröffentlicht wird. Dabei hat jedes Buch seinen Markt, also seine Leser. tredition sorgt dafür, dass für jedes Buch die Leserschaft auch erreicht wird.

Im einzigartigen Literatur-Netzwerk von tredition bieten zahlreiche Literatur-Partner (das sind Lektoren, Übersetzer, Hörbuchsprecher und Illustratoren) ihre Dienstleistung an, um Manuskripte zu verbessern oder die Vielfalt zu erhöhen. Autoren vereinbaren direkt mit den Literatur-Partnern die Konditionen ihrer Zusammenarbeit und partizipieren gemeinsam am Erfolg des Buches.

Das gesamte Verlagsprogramm von tredition ist bei allen stationären Buchhandlungen und Online-Buchhändlern wie z. B. Amazon erhältlich. e-Books stehen bei den führenden Online-Portalen (z. B. iBookstore von Apple oder Kindle von Amazon) zum Verkauf.

Einfach leicht ein Buch veröffentlichen: **www.tredition.de**

Eigene Buchreihe oder eigenen Verlag gründen

Seit 2009 bietet tredition sein Verlagskonzept auch als sogenanntes "White-Label" an. Das bedeutet, dass andere Unternehmen, Institutionen und Personen risikofrei und unkompliziert selbst zum Herausgeber von Büchern und Buchreihen unter eigener Marke werden können. tredition übernimmt dabei das komplette Herstellungs- und Distributionsrisiko.

Zahlreiche Zeitschriften-, Zeitungs- und Buchverlage, Universitäten, Forschungseinrichtungen u.v.m. nutzen diese Dienstleistung von tredition, um unter eigener Marke ohne Risiko Bücher zu verlegen.

Alle Informationen im Internet: **www.tredition.de/fuer-verlage**

tredition wurde mit mehreren Innovationspreisen ausgezeichnet, u. a. mit dem Webfuture Award und dem Innovationspreis der Buch Digitale.

tredition ist Mitglied im Börsenverein des Deutschen Buchhandels.

Dieses Werk elektronisch lesen

Dieses Werk ist Teil der Gutenberg-DE Edition DVD. Diese enthält das komplette Archiv des Projekt Gutenberg-DE. Die DVD ist im Internet erhältlich auf **http://gutenbergshop.abc.de**